中/华/少/年/信/仰/教/育/读/本

铁 道 游 击 队

中华少年信仰教育读本编写委员会 / 编著

信仰创造英雄　信仰照亮人生

中国出版集团有限公司

北京　广州　上海　西安

图书在版编目（CIP）数据

铁道游击队 / 中华少年信仰教育读本编写委员会编著 . — 北京：世界图书出版公司，2016.5（2024.5 重印）
ISBN 978-7-5192-0861-5

Ⅰ. ①铁⋯　Ⅱ. ①中⋯　Ⅲ. ①革命故事—作品集—中国—当代　Ⅳ. ① I247.8

中国版本图书馆 CIP 数据核字（2016）第 049130 号

书　　名	铁道游击队 TIEDAO YOUJIDUI
编　　著	中华少年信仰教育读本编写委员会
总 策 划	吴　迪
责任编辑	梁沁宁
特约编辑	张劲松
出版发行	世界图书出版有限公司北京分公司
地　　址	北京市东城区朝内大街 137 号
邮　　编	100010
电　　话	010-64033507（总编室）　（售后）0431-80787855　13894825720
网　　址	http://www.wpcbj.com.cn
邮　　箱	wpcbjst@vip.163.com
销　　售	新华书店及各大平台
印　　刷	北京一鑫印务有限责任公司
开　　本	165 mm×230 mm　1/16
印　　张	10.5
字　　数	137 千字
版　　次	2016 年 8 月第 1 版
印　　次	2024 年 5 月第 5 次印刷
国际书号	ISBN 978-7-5192-0861-5
定　　价	42.00 元

版权所有　翻印必究
（如发现印装质量问题或侵权线索，请与所购图书销售部门联系或调换）

序　言

信仰是什么？

列夫·托尔斯泰说："信仰是人生的动力。"

诗人惠特曼说："没有信仰，则没有名副其实的品行和生命；没有信仰，则没有名副其实的国土。"

信仰主要是指人们对某种理论、学说、主义或宗教的极度尊崇和信服，并把它作为自己的精神寄托和行动的榜样或指南。信仰在心理上表现为对某种事物或目标的向往、仰慕和追求，在行为上表现为在这种精神力量的支配下去解释、改造自然界和人类社会。

信仰，是一个人在任何时候都不能丢的最宝贵的精神力量。人有信仰，才会有希望、有力量，才会树立正确的价值观，沿着正确的道路前行，而不至于在多元的价值观和纷繁复杂的世界中迷失方向。

信仰一旦形成，会对人类和社会产生长期的影响。青少年是社会的希望和未来的建设者，让他们从普适意识形成之初就接受良好的信仰教育，可以令信仰更具持久性和深刻性，可以使他们在未来立足于社会而不败，亦可以使我们的伟大祖国永远立于世界民族之林。

事实上，信仰教育绝不是抽象的、概念化的教育，现实生活中，我们有无数可以借鉴的素材，它们是具体的、形象的、有形的、活生生的，甚至是有血有肉的。我们中华民族有着几千年的辉煌历史，多少仁人志士只为追求真理、捍卫真理，赴汤蹈火，前仆后继；多少文人骚客只为争取心中的一方净土，只为渴求心灵的自由逍遥，甘于寂寞，成就美名；多少爱国志士只为一个"义"字，不惜抛头颅、洒热血。他们如滚滚长江中的朵朵浪花，翻滚激荡，生生不息，荡人心魄。如果我们能继承和发扬这些精神和信仰，用"道"约束自己的行为，用"德"指导人生的方向，那么我们的文明必将更加灿烂，我们的国运必将更加昌盛。

正基于此，"中华少年信仰教育读本系列丛书"应运而生。除上述内容外，本丛书还收录了中国人民百年来反对外来侵略和压迫，反抗腐朽统治，争取民族独立和解放，前赴后继，浴血奋斗的精神和业绩，尤其是中国共产党领导全国人民为建立新中国而英勇奋斗的崇高精神和光辉业绩；不仅有中国历史上涌现出的著名爱国者、民族英雄、革命先烈和杰出人物，还有新中国成立以后涌现出的许许多多的英雄模范人物。

阅读这套丛书，能帮助青少年树立自己人生的良好的偶像观，能帮助青少年从小立下伟大的志向，能帮助青少年培养最基本的向善心，能帮助青少年自觉调节自己的行为，能帮助青少年锁定努力的方向，能帮助青少年增加行动的信心和勇气。

习近平总书记说："人民有信仰，民族才有希望，国家才有力量。"因此我们有理由相信：少年有信仰，国家必有希望。

中华少年信仰教育读本编写委员会

目 录

铁道游击队 / 001

影片档案 / 001
荣誉成就 / 002
影片史料 / 002
剧情故事 / 003
影评选粹 / 013
精彩回放 / 014

地道战 / 015

影片档案 / 015
荣誉成就 / 016
影片史料 / 016
剧情故事 / 018
影评选粹 / 027
精彩回放 / 027

七七事变 / 029

影片档案 / 029
荣誉成就 / 030

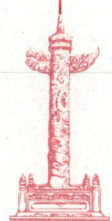

影片史料 / 030

剧情故事 / 031

影评选粹 / 043

精彩回放 / 044

归心似箭 / 045

影片档案 / 045

荣誉成就 / 046

影片史料 / 046

剧情故事 / 048

影评选粹 / 057

精彩回放 / 058

狼牙山五壮士 / 059

影片档案 / 059

荣誉成就 / 060

影片史料 / 060

剧情故事 / 061

影评选粹 / 068

精彩回放 / 069

51号兵站 / 070

影片档案 / 070

荣誉成就 / 071

影片史料 / 071

剧情故事 / 071

影评选粹 / 080
精彩回放 / 081

回民支队 / 082

影片档案 / 082
荣誉成就 / 083
影片史料 / 083
剧情故事 / 084
影评选粹 / 094
精彩回放 / 095

血战台儿庄 / 096

影片档案 / 096
荣誉成就 / 097
影片史料 / 097
剧情故事 / 098
影评选粹 / 107
精彩回放 / 108

地雷战 / 109

影片档案 / 109
荣誉成就 / 110
影片史料 / 110
剧情故事 / 111
影评选粹 / 121
精彩回放 / 122

南岛风云 / 123

影片档案 / 123

荣誉成就 / 124

影片史料 / 124

剧情故事 / 125

影评选粹 / 135

精彩回放 / 135

野火春风斗古城 / 136

影片档案 / 136

荣誉成就 / 137

影片史料 / 137

剧情故事 / 137

影评选粹 / 148

精彩回放 / 148

平原游击队 / 149

影片档案 / 149

荣誉成就 / 150

影片史料 / 150

剧情故事 / 150

影评选粹 / 159

精彩回放 / 160

铁道游击队

> 我们和鬼子拼了！再不打，咱们还有什么脸来见这里的老百姓啊！
> ——看到小王庄的惨景，刘洪气愤地说

影片档案

出品：上海电影制片厂

编剧：刘知侠

导演：赵　明

主演：曹会渠　秦　怡　冯　喆

荣誉成就

　　这部战争题材影片极富传奇色彩，既严肃紧张，又幽默诙谐，还有浓厚的乡土气息，成为中国革命历史题材影片的一部杰作。1957年，在北京人民广播电台和《北京日报》联合举办的国产片评选中，该片入选当年最受欢迎的十部影片。

影片史料

铁道游击队

　　铁道游击队，是抗日战争时期山东临城、枣庄地区的一支游击队，因经常活跃在津浦铁路线上而得名。游击队将火车、铁道以及附近地区地形作为施展才华，与日伪军斗智斗勇，牵制其兵力的大好舞台。铁道游击队扒火车，炸桥梁，夺物资，打洋行，神出鬼没，

到处袭击日本侵略者，有力地配合了正面战场。

津浦铁路

　　津浦铁路，从天津到江苏省南京市西北、长江北岸的浦口镇，经河北、山东、安徽、江苏四省。长1 023千米。1908年动工，1912年筑成。北接京哈铁路，南过南京长江大桥同沪宁铁路相接，并在蚌埠、徐州、济南、德州分别同淮南、陇海、胶济、石德等铁路相交。是中国东部沿海地区重要的南北交通干线，现为京沪铁路的一段。

剧情故事

一

　　1939年，津浦铁路上，一列煤车从枣庄中兴煤矿开出来，在夜色里疾驰。这时，从车身两边，爬上来几个人，他们攀上煤车顶，迅速地把大块的原煤抛向车外。

　　看守煤车的日本鬼子发现了煤车上的人影，急用手电筒照射，正好看到正在破坏车上物资的几个工人。

　　其中一个领头的工人叫彭亮。他见状，打了一个响哨，工人们听到后纷纷跳下火车，消失在夜幕里。

　　彭亮和鲁汉躲到了车站洋行的二把头王强家，见到了几年前跑到山里去抗日的伙伴刘洪。鲁汉激动地说："洪哥，你就在这领着我们干吧！"

　　刘洪说："我这次回来就是这个意思！"

　　鲁汉拿过刘洪的枪，爱不释手，吵着说："洪哥，你到山里也给我们一人弄一支来，没这家伙，太窝囊了！"

　　刘洪说："这家伙只能从小鬼子那里要，我们不仅自己要武装起来，还要支援山里面！"

一天清晨，王强在车站广场给鬼子搬运货物时，发现这次的货物比往常的要沉。他用手指探知里面装的是枪支，再到车厢里一看，短枪和手榴弹、子弹都有。他迅速记下这节车厢的编号，并悄悄向别人打听到了这趟车的发车时间。

晚上，刘洪带着伙伴们分头隐藏在铁道线边的灌木丛里。远远看着运送军火的列车慢慢驶来，大家心里一阵激动。列车驶近后，刘洪飞身爬上火车。在飞快奔驰的列车上，他攀着边缘，一步一步地挪向装有枪支的3号车厢的车门。只见刘洪迅速用铁钳钳开了铁锁，并敏捷地把一箱箱军火抛下车去。

等在车道两旁的王强、鲁汉、彭亮等人赶紧抢搬雨点般落下的箱子，快速转移到安全的地方。大家把军火搬到了王强的家里，打开一个箱子一看，发现里面里都是驳壳枪，大家高兴极了。刘洪给大家一人发了一支手枪，谨慎地说："大家平时要小心，千万别走漏了风声。剩下的枪支要全部转移到山里去。"

日军司令看到铁路上经常出事，尤其是这次丢失军火后大为恼火。他认为是八路军干的，便决定把他的得力学生冈村调来负责铁路的安全。

冈村是个杀人魔王。他把抓来的嫌疑人员一批批地处死，妄图用血腥的手段来稳固他的铁路线。同时，他又软硬兼施，想从被捕的煤炭工人口中得到一些有用的消息。

正当冈村准备拷问工人时，传来了司令官被杀的消息。他没有想到八路军竟然如此大胆，敢在自己的眼皮底下杀人。冈村看着死去的恩师，下决心一定为恩师报仇。恼怒的冈村，下令严密搜查车站周围的居民住所。

这天，刘洪的聚义炭庄开业，一派生意兴隆的景象。鲁汉、小坡、彭亮都是伙计,王强也来祝贺。这时,冈村带着大队人马进来了。王强赶紧出面招呼,一边说:"我朋友的炭庄今天开业,这是许可证。"一边把一张许可证递给冈村看,冈村看了一眼,扭头走了。

过了一会儿,又有一个生意人打扮的年轻人走进来。刘洪一看,原来是山里派来的李正。大家进了屋子,李正拿出八路军军分区的指示给刘洪看,上面写着鲁南军区司令部命令:兹任命刘洪为军区铁道游击队大队长,王强任副大队长,李正为政委。

刘洪、王强和李正紧紧地握手。刘洪激动地说:"我们又在一起战斗了。"

二

李正坐在桌子旁,刘洪坐在他身边,队员们坐在四周。队员中除了彭亮、鲁汉,还有其他几个队员,神色都有些紧张。桌子上放着账本、算盘,还有一份份叠好的钞票,这是分账的场面,也是开会的场面。

刘洪站起来说:"现在请政委给我们讲话。"

李正站起来对大家说:"我们铁道游击队今天正式成立了。上级指示我们要利用铁路线和车站这两个战场,同鬼子展开斗争,想方设法拖住敌人,打乱他们的运输计划,支援山区反扫荡。"

队员们听后都精神起来,摩拳擦掌,准备大干一场。鲁汉急切地说:"政委,你说怎么打,我们就怎么打!"

李正正要接着讲话,一个队员从外边跑进来:"鬼子来查户口了!"大家赶紧藏好武器,装作平常分账时的样子。

鬼子借故查户口,进屋搜查。看见大伙正在算账分钱,还听到有人抱怨刚开张就扣酒钱,信以为真。但是,冈村对这家新开的炭庄的怀疑并没有完全消除,带着士兵冲进炭庄,打算再来次突然检查,想从中找出什么破绽。

冈村见李正很陌生，就仔细核对李正的良民证。见没有什么破绽，就问："你是干什么的？"

李正不慌不忙地说："我是账房先生。"

此时，敌人的狼狗正在不停地往炭堆里扒，那里面可是藏着武器啊，情况很危险。

大家都没敢去看狼狗的动作，但是每个人都在紧张地注意着那里。"当啷"一声，引起了冈村的注意，他回头向炭堆看，大家也随着向那里望，原来是狼狗把竖在墙边的铁锨碰倒了。

冈村走到炭堆那边，眼睛不住地往炭堆上搜索，可是并没有什么可疑之处。于是顺手从杂物里拿起小坡最喜爱的土琵琶，看了一阵，就"啪"的一声，扔回到炭堆上，然后把手一摆，叫声："开路！"

鬼子走后，李正建议立马转移。鲁汉却说："好不容易有个家，就这样走，多可惜啊！"

李正严肃地说："我们现在是部队了！鬼子一天之中对这里进行了两次搜查，一定起了疑心，必须马上走！"

游击队刚刚撤离，鬼子果然杀了个回马枪。他们喝令屋子里面的人出来，见没有反应，便用机枪一阵猛扫，最后一把火，把这个炭庄烧掉了。

游击队员们看着炭庄冲天的火光，不由得出了一身冷汗。彭亮望望走在前边的李正，对鲁汉说："咱们政委真神，他怎么就知道鬼子还回来呢？啥事他都能估计到！"

鲁汉神情颇为自豪，说道："当然了，政委是从山里来的呀！听他的话没有错。"

队伍连夜转移到小王庄芳林嫂家中。芳林嫂的丈夫也是铁路工人，让日本人给打死了，她这里是地下党一个可靠的联络点。

芳林嫂热情地招呼着游击队员们。游击队连夜在芳林嫂家中开会，准备狠狠地打击一下鬼子的气焰。大家七嘴八舌地讨论。最后，李正说："打货车，鬼子现在戒严了，那就只好打票车了。"

三

芳林嫂利用和车站工人的关系，把游击队员们一一带上了火车。接着，芳林嫂带着凤儿故意走错了车厢，推开了一节车厢的门，把里面鬼子的情况看了一下。

一个游击队员装作买卖人，拿出烧鸡和酒请鬼子吃喝。鬼子也不客气，津津有味地吃起来。另一个车厢里，一个化装成小贩的游击队员，请一个押车的鬼子吃鸡蛋。这引得旁边的乘客都用鄙夷的目光看他。有的还在低声咒骂："他们还算中国人哪！"

这时，刘洪已经打死了火车头上的鬼子，钻进了司炉房。火车司机一见是八路军，非常配合，按照刘洪的指示让火车跑得飞快，以赢得时间。车厢内，彭亮在给押车的鬼子表演变鸡蛋的魔术，鬼子兵双手接蛋，都入迷了。铁路线两边的游击队员密切注视着火车的情况，等待火车的到来，以接应战友。小坡在给另一个鬼子演奏六弦琴。鬼子陶醉在动人的琴声之中，根本听不到隐藏着的杀机。

火车到了两个车站的中间，刘洪让司机把火车停下来，然后朝天放了一枪，通知行动开始。吃烧鸡的鬼子感觉到车停了下来，便把头伸到窗外看，游击队员趁机用酒瓶把他打死了。那个吃鸡蛋的鬼子还没反应过来，就被游击队员打发到阎王那里报到去了。

列车停在三孔桥上，几个伪军从列车上跳下来，想逃跑，被李正带的部队抓住了。乘客们都集中在桥下,黑压压一片。李正站在桥墩上给群众讲话:"同胞们!我们是共产党领导的八路军,袭击火车,为的是消灭日本鬼子!希望今后大家多多帮助自己的部队打击侵略者,把日寇从祖国领土上驱逐出去!"

这时,小坡和小山几个队员,把标语贴在各节车厢上。车厢上出现了鲜明的口号:"中国共产党万岁!八路军万岁!打倒日本侵略者!中华民族解放万岁!"

听说鬼子的部队正在赶来,老百姓惊慌失措地跑出车厢。李正和游击队员们一面疏散群众,一面警戒敌人。等鬼子兵赶到现场时,游击队员和老百姓早已经离开。鬼子只在路边发现了一顶草帽,上面写着"八路"两字,那是李正故意留下来迷惑敌人用的。

鬼子以为是八路军的主力到了铁路边,于是下令把进攻山区的兵力调回一部分,向铁路两边进行扫荡。冈村在火车上找到了一把断了的六弦琴,那是小坡打鬼子时打断了扔下的。这使他想起了枣庄聚义炭庄的那把土琵琶,他估计这些人就是群众所说的飞虎队。

铁道游击队第一次出师就大获全胜,队员们兴高采烈地谈论着刚才发生的事情。根据李正的意见,大队决定向微山湖开拔。大队长刘洪和小坡站在湖边的高地上观察地形,他们被眼前的美景陶醉了。意想不到的是,湖边有一支国民党顽军,他们从望远镜里看到了刘洪和小坡,便打了黑枪。

一发子弹正打在刘洪的胳膊上,鲜血直流。队员们个个义愤填膺,分两路包抄国民党残余势力,直打得他们抱头鼠窜。

刘洪负伤后,被送到芳林嫂家中养伤。共同的理想与信念使他们建立起深厚的感情。刘洪醒来时,看到芳林嫂靠在门边,迎着寒风为他放哨,他忙把披在身上的棉衣脱下来,披在芳林嫂的身上。星光下,两人站在一起很久,很久……

国民党顽军勾结日寇,把刘洪受伤现在在小王庄疗伤的情况告诉了鬼子。

刘洪的伤已经好了,他坐在芳林嫂家里,正和李正、王强开会。李正说:"临城站的情况,已侦察清楚,一会儿各分队长来开会,我们研究马上出击!"

"是的,"刘洪试了试已伤愈的手臂说,"这次我们一定把津浦干线的敌人闹翻天,破坏他们的行动。"

这天,游击队员来探望刘洪,芳林嫂在外站岗。突然有三个可疑的人进了村子,这引起了她的警觉,她立刻回去报信。

原来,鬼子冈村化装成为老百姓,他的身后还跟着一队小鬼子呢,他们妄图用这样的方法抓住游击队员们。

游击队得到情报后,马上利用熟悉地形的优势,分两路包抄敌人。冈村被打得猝不及防,狼狈逃窜。逃回去的冈村急忙带领大队鬼子进村报复,烧、杀、抢、掠,刹那间,小王庄一片火海。

敌人走后,游击队员们和群众回村,只见一片凄惨景象,心情非常沉重。村民们回到庄里,一边哭,一边在火里抢救东西。一个老大爷一边哭,一边拉着刘洪的手臂摇着,眼中充满仇恨。他对刘洪说:"大队长,我们反正没法过了,你要替我们和鬼子顶着打啊!"

鲁汉的眼睛也红了,其他队员们都嚷着要为乡亲们报仇,跟敌人拼了。刘洪点头说:"我们和鬼子拼了!再不打,咱们还有什么脸来见这里的老百姓啊!"

队员们个个咬牙切齿,在刘洪的指挥下,和日本鬼子硬干了起来。鬼子发动了一轮又一轮的进攻,游击队员们边打边撤,来到了微山湖边的高地上。一个鬼子利用地势的掩护,把枪口对准了站在阵地上的鲁汉。一颗罪恶的子弹打了过去,端着机枪正杀得起劲的鲁汉被击中,英勇牺牲。

王强见没办法阻止刘洪硬拼,便派人把正在侦察的李正找来。刘洪因为鲁汉的死而打红了眼,说要利用地形狠狠地收拾鬼子,为鲁汉报仇。正当两人争执不下时，李正被敌人的子弹打中了右胸，无力的李正对刘洪说："赶快撤到岛上去吧，这是党的死命令！"

队伍刚刚撤走，敌人就调来了大炮。一阵隆隆的炮声为游击队送行。游击队安全撤到了微山湖岛上。由于李正伤势严重，不得不送到山区治疗。临行前，李正叮嘱刘洪凡事要冷静，好好保存这支武装力量。

四

日本在南洋进行的战争爆发了。为了配合行动，确保交通线的安全，鬼子们决定对游击区进行新一轮的进攻。

游击队在微山湖驻扎之后，刘洪常常和芳林嫂外出侦察敌情。得知敌人将向山里增派部队后，刘洪决定采取行动，阻止敌人。

刘洪和三个游击队员在一家小酒馆里等待时机，准备潜入火车站，消灭这车敌人。在敌人军列开过来的前十几分钟，刘洪和队员们化装成鬼子跳上了一辆对开的列车，他们打开了车厢，启动了火车。早已经联络好的扳道工及时地调整轨道，对接鬼子的军列。望着呼啸而过的火车头，敌人惊呆了，望着远去的军列，他们拼命摇着信号灯，但已无济于事。

在撞车之前，刘洪和游击队员们跳下了火车。随着"轰"的一声巨响，火车头撞上了敌人的军列，军列上的鬼子们被炸得飞上了天。

军列报废了，敌人增援山区的计划也泡汤了。鬼子司令员恼羞成怒，命令冈村带领军队围剿微山湖上的游击队。芳林嫂把敌人的最新情况告诉了游击队，刘洪觉得情况十分紧急，必须尽快想到突围的好方法。

此时，鬼子同湖西的国民党顽军勾结，相约消灭共产党游击队。鬼子先用大炮对微山湖一阵猛轰。接着派遣大批的铁壳船登陆。游击队的处境空前艰难，战斗打得十分激烈。

游击队员们伏在战壕里狠狠地阻击鬼子的登陆，打退了敌人一次又一次的冲锋，但最终敌人还是冲了上来。

芳林嫂受命前往湖西侦察情况。这里是国民党驻扎的地方，也是唯一有可能突围的地方。战斗间歇，刘洪和王强商量着该怎样牵制敌人，怎样突围出去。芳林嫂去了老半天也没有回来，于是，刘洪决定再派一名侦察员前往。

游击队员们聚在一起，听着小坡演唱起那首脍炙人口的游击队之歌——《弹起我心爱的土琵琶》。被派出的侦察员回来了，他侦察得知，国民党已经把湖西通道堵死了，根本没法通过。队员们听到这个消息，气得咬牙切齿。大家纷纷表示要与敌人拼了。刘洪冷静地对大家说："不能蛮干，再想想办法！"

刘洪命令战士们把从敌人火车上抢来的衣服换上，借此迷惑敌人，绕到敌人后面突围。

日军司令部里，日军参谋长正在向司令汇报微山湖的情况。这时的敌人已经全部登陆微山湖，并且成功包围游击队。但是，他们似乎高兴得太早了，穿着日军军服的游击队员们正沿着岛的西边，由西向东快速走去。游击队员们快速通过，不料，前方迎面过来一队鬼子兵。游击队员们用日本军旗往北指了指，鬼子以为是自己的队伍，果然往北走了。

天马上就要黑了，游击队员们趁着夜色正涉水前进，不料前方竟来了几艘日本铁壳船。狡猾的冈村拿着手电照射在水中行进的一队身着日本军装的队伍，疑心重重地看着他们，开始不停地盘问。

刘洪怕露出马脚，决定先发制人，用枪来回答敌人的问话。顿时，枪声响彻天地。鬼子被打得措手不及，游击队员们趁机成功突围。

五

1945年8月，日本投降的消息传遍全国，中国人民欢欣鼓舞，庆祝胜利。

政委李正伤愈归队了。战友们久别重逢，分外高兴，在一起欢庆胜利。李正是带着新任务回来的，他说："解放大军正向交通线挺进，上级要求我们阻止蒋匪军向北边去，同时要迫使日本的小林装甲车部队投降。"

此时，驻扎在湖西的国民党顽军开始全面出动，企图抢占胜利果实。他们带着包括芳林嫂在内的关押在狱中的群众，准备搭乘鬼子的军车前往北方。

正在这时，一个国民党兵跑来报告："游击队已经把去车站的路截断。"国民党顽军队长大吃一惊，下令马上就地杀掉"犯人"。敌人刚要开枪，前方一阵枪声响起。只见，英勇的游击队员们正快速冲来，心惊胆战的国民党兵四散逃窜。

日本残余鬼子左等右等不见国民党兵押解"犯人"前来，便决定登车逃跑。殊不知，早就发现鬼子意图的游击队员们已经埋伏在铁路线旁，并绑好炸弹，等待着他们。

与游击队交战的国民党兵无心恋战，被打得死伤无数。刘洪上前解开被绑的芳林嫂。又见到了自己的同志，芳林嫂多日来紧绷的神经终于放松，一下子晕了过去。

国民党军官见势不妙，骑上一匹快马，拼命逃跑。眼疾手快的刘洪抓过战士手中的步枪，将其打死。

企图逃脱人民的惩罚，准备受降于国民党的鬼子坐在装甲列车里。装甲列车急速向南行驶。他们做梦也没有想到，一名游击队员已经爬上了装甲车车头与车厢的结合部，并用枪砸开了连接处，后面的部分停止不动了。

日军司令被迫率领大队鬼子下车投降。他们昔日疯狂地烧杀抢掠，从未想到会落得今天的下场。

经过几年的铁路斗争，鬼子司令最终还是向游击队低下了头，并承认了自己的失败。在人民面前,日军司令官低下头,宣读投降书。

刘洪、李正、芳林嫂、王强、小坡,站在铁甲列车上,两边沸腾的人群在向他们欢呼。载着他们的铁甲列车在歌声中徐徐前进……

影评选粹

革命传奇

影片描绘了抗战期间一支活跃在铁路线上的游击队的传奇经历,情节曲折,险象环生,扣人心弦,引人入胜,具有很高的观赏性。影片注意突出主旋律,充分展现了游击队员们的革命乐观主义精神。渲染紧张气氛的同时,还注意穿插抒情的环节,反映了战士们朴素美好的内心世界。

游击战争题材并不新鲜,但这个故事发生的环境具有独特性——游击活动的舞台主要是在铁道线上。呼啸而过的火车和芦苇丛生的微山湖,给故事情节的发展增添了惊险与神秘感。在紧张激烈的战斗之余,穿插了刘洪与芳林嫂的爱情故事,以及游击队员开怀合唱《弹起我心爱的土琵琶》的动人场面,强化了影片的抒情色彩。英雄人物在铁道上的战斗在电影中生动地表现出来,并赋予了独特的、新鲜的艺术个性。

创作人员在进行剧本写作时,对原著进行了提炼和浓缩,紧扣"铁路"这一特定环境,突出原著的主要精

神、主要人物和主要情节，使得剧情曲折惊险，险象环生，悬念迭起，格外引人入胜。

这部电影揭露了日本帝国主义对中华民族犯下的滔天罪行，以及一小撮民族罪人——汉奸出卖祖国的可耻行为，暴露了日本帝国主义者和汉奸们的丑恶嘴脸；还生动再现了鲁南铁道游击队抗日的英雄事迹，着重表现了革命战士的革命乐观主义精神，以及水乳交融的军民鱼水情。

精彩回放

电影强化了智斗方面的内容，铁道游击队和以冈村为首的日本侵略者相比，无论从武器上还是力量上都处于劣势。智斗不仅符合实际，也增添了影片的惊险性。

影片中，刘洪和他的战友在遭到冈村袭击后，迅速打了敌人一个反包围，这与其说是斗勇，不如说是斗智。特别是游击队员们化装突围的情节，更是一场智斗的好戏，充分体现了游击队灵活、机动的战略战术。

当敌人全部登陆微山湖，并且成功包围游击队时，观众们不由得为游击队员们捏了一把汗。而当看到穿着日军服装的游击队正沿着岛由西向东快速走去时，观众心中又不由得为之欢喜。一紧一松，情节跌宕起伏、曲折紧张，传奇色彩浓厚，有力地提高了影片的观赏性。

地道战

革命战争是群众的战争,只有动员群众才能进行战争,只有依靠群众才能进行战争。
——在毛泽东《论持久战》的指导下,冀中人民创造出让敌人闻风丧胆的地道战

影片档案

出品:八一电影制片厂
编剧:任旭东　潘云山　王俊益
　　　徐国腾
导演:任旭东
主演:朱龙广　王丙彧　张勇手

荣誉成就

这部军事教学电影作品在中国电影史上具有独特的地位和影响力,它属于一个时代。本来,这样的军事教学片没有故事片的"任务",人物形象不需要讲究什么个性,但创作人员还是把它拍成了一部思想性、艺术性极高的经典影片。高传宝的扮演者朱龙广曾这样说:"我在塑造高传宝这个民兵队长的形象的时候,也只是想让观众一看就觉得他是自己的民兵队长。这部影片发行了2 800个拷贝,现在我无论到城市和农村,发现凡是50岁以上的人,都看过《地道战》,而且看了不止一遍。"这是一个莫大的荣耀。

影片史料

1941—1943年,日伪军在华北推行了五次"治安强化运动";日军依托铁路、公路,突入抗日根据地内部,然后向四周扩张,进

行跃进"蚕食";大量扶植伪军、伪政权,并利用汉奸和特务,对抗日根据地边缘区和游击区进行边缘"蚕食"。为粉碎日伪军的"扫荡""蚕食"和"治安强化运动",巩固和扩大华北抗日根据地,八路军紧紧依靠各抗日根据地的人民群众,发挥与人民群众有着血肉联系的政治优势,创造了适合本地区特点的地道战、地雷战、麻雀战等丰富多彩的群众性游击战争的作战方法,为抗日战争做出了巨大贡献。

地道战

地道战是依托地道工事进行的作战,是开展平原游击战和坚守城市的有效战法。其主要特点是便于隐蔽,以暗对明,藏打结合,机动灵活,利于保存兵力,出其不意地打击敌人,坚持长期对敌斗争。但兵力不易展开,重武器不便使用,视界受限,指挥复杂,通信联络困难。

抗日战争时期,华北抗日根据地军民在开展平原游击战中,创造性地发展了地道战,出现了华北清苑县冉庄、顺义县(今北京顺义区)焦庄户等开展地道战的典型。

三光政策

抗日战争期间,日本军事机关曾命令其军队,在对中国抗日根据地进行"扫荡"时,"不问男女老幼,应全部杀死;所有房屋,应一律烧毁;所有粮秣及物资,其不能带走的,亦一律烧毁"。这种杀光、烧光、抢光的暴行,被称为"三光政策"。其目的是消灭抗战军民的生存条件,使抗日武装失去民众的人力、物力和财力的支持。

剧情故事

一

伟大领袖毛主席教导我们:"革命战争是群众的战争,只有动员群众才能进行战争,只有依靠群众才能进行战争。"抗日战争时期,敌后根据地的广大人民群众,在毛泽东的人民战争光辉思想指引下,在中国共产党的领导下,积极开展群众性的游击战争,创造了多种多样的战争,创造了多种多样的作战方法,充分显示了人民战争的巨大威力。冀中平原广大人民群众积极开展地道战,配合主力部队狠狠地打击了日本侵略者的嚣张气焰。

高家庄党支部书记高老忠如铁塔般坚毅地站在老槐树下,使劲地拉着手里的长绳,奋力地敲响挂在老槐树上的那口老钟。洪亮的钟声悠悠地穿过大街小巷,将人们惊醒。大家急急忙忙向村口赶了过来。高老忠命令民兵队赶紧集合,只见大家拿着五花八门的武器急忙在村口的大路上排起长队。有的拿着"三八大盖",有的拿着"汉阳造",甚至有人拿着大刀长矛。虽然大家的武器装备长短不一,性能各异,但是他们迈着整齐有力的步子,排着整齐的队伍,等待民兵队长高传宝下命令。

这时,民兵队长背着刚参加完区会议的老村长回到村里。原来开完会后,日寇突然包围了会场,老村长在突围过程中和区长被冲散,自己也负了重伤。老村长用微弱的声音说道:"鬼子近期又要开始大扫荡了。上级要求我们,村自为战,坚持到底。"他从紧贴自己胸口的衣服里面拿出一本红布包着的东西交给高老忠,然后就牺牲了。捧着村长用宝贵生命换来的东西,高老忠悲愤地流下了热泪。

1942年,日本侵略者对冀中抗日根据地发动了更加残酷的"五一大扫荡",妄图以分割、严密封锁,反复"扫荡"和灭绝人性的"三光政策",扑灭人民抗日的革命烈火。为了粉碎日寇的侵略阴谋,高家庄的民兵队长高传宝和民兵队员们纷纷主动请缨,向上级请愿,要求消灭前来进犯的鬼子。这时,村党支部副书记林霞赶来,激动地说道:"老忠叔叫咱们赶快开个支委会,好好商量商量往后怎样同鬼子进行斗争。"

支委会上,党支部书记高老忠打开一个红布包,双手捧出了伟大领袖毛主席的光辉著作《论持久战》。这本书就是老村长用自己的生命换来的,弥足珍贵。高老忠同志打开《论持久战》,林霞一句一句地读着:"动员了全国的老百姓,就造成了陷敌于灭顶之灾的汪洋大海,造成了弥补武器等等缺陷的补救条件,造成了克服一切战争困难的前提。要胜利,就要坚持抗战,坚持统一战线,坚持持久战。然而一切这些,离不开动员老百姓。"

支部书记高老忠激动地说:"咱们无论做什么工作,都要依靠群众,这样遇到任何困难都能克服。区委叫咱们赶紧发动群众,挖地道,开展地道战!"

大家高兴地要把洞口挖通,高传宝拦住说:"留着,万一鬼子发现洞口往里边灌水、放毒,就把它堵上;鬼子要是钻进来,咱用这个洞口还可以揍他!"这时高老忠过来说:"说得好,要是连洞口也不让敌人发现,那不更好吗!大家多在洞口上想想主意,把洞口挖得隐蔽,越巧妙越好。"

高家庄的乡亲们在党支部的带领下,日夜紧张地挖着地道,准备同侵略者进行长期斗争。可是牛娃却有些着急,他对高传宝说:"咱们应该想点子打敌人,成天没完没了地鼓捣这玩意儿,能把黑风口的炮楼挖掉吗?"

高传宝正要准备耐心地说服牛娃,毛妮过来报告:"哥哥,妇女抗日先锋队集合好了,副支书请你去。"高传宝和牛娃走进林霞的院子,只见毛妮顶起锅从灶口探出个脑袋嘻嘻地笑着。高传宝看见这巧妙的洞口，真是喜出望外。他转身跑进屋里，端起锅就跳进了锅台洞口。

牛娃发现了地道的奥妙，在灶口看了一下，也随高传宝下了地道。他们在地道里走了一阵，爬上洞口一看，却是个驴槽。多妙的地道口哇！牛娃问："这是谁的点子？"林霞说："大伙想的这个好主意！"牛娃激动地对高传宝说："队长，你说，往后咱们怎么干？"高传宝拍了他一下说："通了？"牛娃只是一个劲地笑。看来牛娃对于挖地道消灭鬼子的不理解情绪终于消失了。高家庄的乡亲们在党支部的带领下，日夜紧张地挖着地道，准备同侵略者进行长期斗争。

高老忠穿过静静的十字街进行巡逻，突然，他发现一群日伪军摸进村来。高老忠心急如焚，一口气跑到老槐树下。他迅速解下钟绳，正要敲钟，一道手电光射来，他被日本鬼子包围了。高老忠蔑视地看了鬼子队长山田一眼，毅然拉起钟绳。钟响了，响亮的钟声吓慌了敌人的手脚，鬼子队长山田用恶狼一样的眼睛紧盯住高老忠，朝他打了两枪。高老忠忍着剧痛用力支撑起高大的身躯，又继续用力地敲打着古钟。钟声震撼着整个高家庄。高老忠猛地掏出手榴弹，奋力向敌人投去。一声巨响，手榴弹在敌群里开了花。为了全村人民的生命安全，为了打败日本侵略者，英勇的党支部书记高老忠同志光荣地牺牲了。

高家庄的群众听到钟声，早已安全转入地道。地道里的民兵和乡亲们听到枪声和爆炸声，个个悲愤交集，复仇的怒火燃烧着胸膛。

乌云笼罩着高家庄。鬼子和伪军搜遍全村也没有找到一个人。气急败坏的鬼子、伪军推墙挖地，践踏着村庄。还没来得及隐蔽的洞口被敌人发现了，惨无人道的敌人往地道里熏烟、灌水。在这紧急情况下，副支书林霞找高传宝商量了一下，决定从锅台洞口突围，出其不意地打敌人个措手不及，掩护乡亲们往别的地道转移。

这时，几个鬼子得意扬扬地坐在灶头上烧火煮鸡。高传宝沉着地登上锅台洞口，用手托着锅底猛地向上一推，滚烫的开水正扣在鬼子头上。鬼子一阵惨叫。高传宝冲出洞口，一枪一个，结果了两个日寇。其他民兵接着冲了上来，和高传宝一起阻击敌人，掩护群众安全转移。这时，区长赵平原同志得知敌人夜袭高家庄的消息后，马上组织了区小队和各村民兵，用麻雀战术迷惑敌人。这边吹牛角，那边放鞭炮，真真假假，虚虚实实，弄得鬼子和伪军心惊胆战，惶惶不安。这时，民兵们复仇的枪口早已对准侵华小丑——山田。隐藏在窗后的高传宝扣动扳机，一枪打在山田的屁股上。山田号叫着，鬼子兵惊慌失措地抬着山田狼狈地逃跑了。

二

面对被鬼子摧残过的村庄，高传宝满腔怒火。区长赵平原找到高传宝，语重心长地说："我们要听毛主席的话，要在战争中学习战争。打一仗就进一步，在这艰苦的战争中锻炼自己，考验自己。"最后又嘱咐说，"回去以后，再好好读一读毛主席的《论持久战》。"高传宝回家以后，打开父亲留下的那个红布包，拿出《论持久战》，一字一句地念着："保存自己的目的，在于消灭敌人；而消灭敌人，又是保存自己的最有效的手段。"高传宝对大家说："这就是说呀，光想法儿躲藏不想打，那是藏不住的，结果呢，是光挨打。往后，咱们要把敌人的后方变成他们的前线，叫敌人在我们这一带一天也不得安生。"听了这段精彩的评论，大家顿时感觉增添了无穷的力量。

一轮红日从东方升起，照耀着英雄的土地，革命在前进，高家庄的地道在发展。

一天，赵区长来到高家庄，高传宝摆开地道图向他汇报地道改进的情况。高传宝说："根据区委的指示，地道的'五防'问题，我们是这样解决的。这是翻口，把盖子盖上，就可以防火防毒。地道口旁挖了一个掩体,一杆红缨枪就可防敌人钻进来。"

赵区长看完说:"很好,有很多优点呀!别的村庄也应该这样。另外,我告诉你们一个好消息,军分区首长要派大量的武工队来。"

大家听了这消息都十分高兴,盼望着武工队早日到来。这一天,几个骑自行车的人来到村里。他们到了村公所,向联络员大康说他们是武工队。高传宝觉得有些奇怪:平原叔怎么没通知?大康走后,几个家伙鬼鬼祟祟凑到一起,领头的说:"你们别吭声,看我眼色行动。再过个把钟头,汤司令就到。咱们先设法搞清楚他们的地道,然后来他个一锅端!"原来,他们是日军派来的特务,阴谋里应外合破坏高家庄的地道。

高传宝进到屋里,同特务组长搭了几句话,觉得不对劲儿,又看见他们把鸡蛋全吃光了,窝头却一个也没有动。于是,他一边倒水,一边思索,觉得他们不像是自己人。高传宝看到桌上放着支"三八大盖",灵机一动,借着向特务组长递水,顺手拿起枪来。这下可吓坏了特务组长,他慌忙向高传宝夺枪,狐狸尾巴一下子就露出来了。

这时,素云过来向高传宝报告说:"鬼子大队来了。"特务们暗暗得意。特务组长挡住大康的去路说:"我们在这儿,如果一打,可就给你们闯祸了,还是钻地道吧!""对!不能打,鬼子来的人多,咱们人少,千万打不得,快钻地道。"高传宝看他们的表现,越来越觉得不对劲,决定将计就计。"大家想看地道,那好办,这屋里就有。"几个人你看看我,我看看你,觉得很奇怪。高传宝指着洞口对特务们说:"请!"

这些家伙低头看了看漆黑的洞口,不敢下去。特务头子用枪逼着两个特务和高传宝一起下洞,一前一后把高传宝夹在当中。高传宝闪进掩体,拿起红缨枪,穿过射击孔猛力一刺,穿透了一个特务的胸膛。

外面枪炮打响了,大康和几个民兵往外就冲,特务挡住不放,他们奋力与特务搏斗。正在这时，崔连长带头冲进门来，缴了特务的枪。赵区长一步跨进了屋，大声说："孙进财——你这个汉奸！"特务组长孙进财一听，吓得连忙跪下求饶。赵区长命令武工队把特务们捆起来带走。高传宝和几个民兵冲出地道，上来就问："狗东西在哪里？"赵区长说："都带走了。"接着介绍崔连长说："这才是你们盼望的武工队呀！"

这时，一个区小队战士背着缴获的枪支弹药，兴冲冲地跑进来报告："二十多个敌人，一个也没有跑掉！区小队从东边打，武工队从西边打，三下五除二，全部报销了！"顿时，村公所内充满了胜利的喜悦。赵区长及时提醒大家说："鬼子肯定要报复的。"

果然，几天以后，高传宝接到区里的通知：鬼子来报复了！

林霞、高传宝马上集合民兵作紧急战斗动员。林霞说："今天的高家庄不同以前啦！咱们分头把关，听从指挥，按计划打！这回定叫鬼子有来无回！"说罢，民兵们各自进入了战斗岗位。鬼子和伪军气势汹汹地向高家庄开来，走进民兵的瞄准点。前边的鬼子刚一过桥，立刻遭到民兵的迎头痛击，藏到桥下去了。山田用机枪掩护，指挥一批鬼子上来。连环雷四面开花，炸得鬼子心胆俱裂。山田气得两眼冒火，像野兽一样用机关枪、大炮疯狂攻击。

鬼子依靠先进的武器，人民群众依靠毛泽东的伟大思想。指挥室里，林霞、高传宝监视着敌人，及时发出命令："停止射击，放鬼子进村。"民兵们立刻转入地道，准备战斗。你有你的一套打法，我有我的一套打法。在敌强我弱的情况下，民兵们利用敌之劣点和我之优点，诱敌深入。

鬼子蹑手蹑脚地进了村。见无人回击，山田便得意忘形起来，以为高家庄到手了。

"你打我时，叫你打不到，摸不着；我打你时，就要打胜你，打准你，吃掉你。"这就是地道战的法宝。高传宝命令："各小组注意！

你们各自为战,打一枪换一个地方,不准放空枪!"鬼子越来越近,刹那间,房上、树下、墙角、屋后,四面八方飞来仇恨的子弹;窗口、门旁、树后、路边,到处杀出复仇的刀枪,整个村庄构成了战斗的堡垒。

　　机枪手大康正在夹壁墙内打得起劲,接到高传宝的命令,迅速转到高房工事,打得鬼子四处乱窜。报销了一大堆鬼子之后,大康又转到树心洞口,朝正在碾盘旁搭人梯的鬼子猛烈射击。被大康打得失魂落魄的鬼子刚想跑到碾盘底下藏起来,突然有人从碾盘底下朝他开了一枪,鬼子惨叫一声丧了命。素云在夹壁墙里负责观察,发现鬼子进了院,立刻通过地道从驴槽口出来,掏出手榴弹向院中的敌人投去,炸死敌人一大片。高传宝、大康和乡亲们配合,把鬼子打得魂飞魄散。

　　从屋内到屋顶,从地面到地下,游击队员自由来往,灵活主动。而敌人则是寸步难行,到处挨打。来一个打一个,来十个要五双,打得他魂飞魄散,打得他胆战心惊。日伪军死的死、伤的伤,掉下陷阱的完了蛋,侥幸活命的夹着尾巴逃跑了。

　　夺取敌人的刀枪武装自己,用侵略者的武器把侵略者埋葬。这是游击队人民的一贯思想。

三

　　利用战斗的间隙,群众又创造了进攻性野外地道。地道一直延伸到敌人炮楼脚下,既能监视敌人,也可以向敌人发起突然袭击。

　　又一个攻势开始了。区里召集各村干部联防会,准备搬掉黑风口的鬼子据点。赵区长说:"自从党中央提出扩大解放区、缩小敌占区的指示后,在我们夏季攻势的打击下,几个小据点的敌人都龟缩到了黑风口,有400多人,所以我们不直接攻打黑风口。"崔连长接着说:"黑风口,先别管它。我们集中10个庄的民兵把西平围困起来，县大队和区小队埋伏在西平和黑风口之间的地道里，引出黑风口的敌人，这叫作围点打援。跟着再来个顺手牵羊，敌人一离开乌龟壳，分区独立团就乘虚而入，夺取黑风口。"

著名的地道战使敌人闻风丧胆。这时，鬼子队长山田正龟缩在据点里，趴在水缸边，不时把脑袋伸进去，听地下有没有挖地道的声音。忽然，翻译慌慌张张地跑进来，向山田报告："柳本太郎来电，说高家庄、赵庄、马家河子一带的土八路有五六千人包围了西平据点，柳本太郎要队长马上派人支援。"

山田看完电报，急得像热锅上的蚂蚁，在屋内来回打转。突然，他猛地拉开地图对汤丙会说："夜袭高家庄、赵庄、马家河子，这样一举两得。"汤丙会谄媚地说："对，对对，既可以端土八路的老窝，又解西平之围。高！实在是高！"

赵区长得知敌人偷袭高家庄的情报后，立即把高传宝找来，对他说："情况有变化，山田、汤丙会没有奔西平，他们是想偷袭高家庄。我们给他来个将计就计。"崔连长接着说："直接攻打黑风口，端敌人的老窝，然后再来一个回马枪，把敌人消灭在野外。"

高家庄的副支书林霞正带领妇女们为围歼西平的同志准备干粮，牛娃报告："鬼子今晚要来偷袭，区长叫你早作准备。"林霞立刻组织妇女民兵，准备迎击敌人。

敌人偷偷摸摸又来到高家庄，刚一进街就发现了三个洞口。汤丙会自以为得计，硬逼着两个伪军下去，看洞里有没有老百姓。暴露这些洞口，并不是粗心大意，而是要把敌人引进来再作处理。两个伪军刚走进地道不远，素云和一个女民兵突然从另一洞口闪出，缴了他们的枪。汤丙会在洞口焦急地叫喊："怎么回事？里边有人吗？"素云持枪命令伪军回答："太君，全村的老百姓都在这儿呢，我们赶不动他们，非太君下来不可呀！"鬼子少尉得意地率领十几个鬼子打着手电下洞。站在观察孔旁的素云猛地拉上闸门，"哗"

的一声洞口堵死了。另一个女民兵说:"进来十二个,正好一打,咱们来个穿糖葫芦。"素云举枪射击,几个鬼子应声倒下。没死的鬼子慌作一团。民兵们利用陷阱、射击孔等各种巧妙的机关,把鬼子全部消灭在地道里。山田、汤丙会在洞口气急败坏,命令手下往洞里灌水放毒。聪明的人民将水引回到井里,将毒烟引到另外的无人巷道里,从而粉碎了敌人的阴谋诡计。

敌人的招数使完了,轮到民兵们动手了。手榴弹、地雷的爆炸声连成一片,到处是复仇的陷阱、长矛、大刀和枪口。就在高家庄展开激战的同时,崔连长带领八路军、民兵来到黑风口炮楼脚下。战士们勇猛地冲向汤家大院,端掉岗哨,炸开寨门,冲了进去。瞬时,黑风口据点硝烟滚滚,四处轰鸣。

在高家庄的山田、汤丙会看到黑风口起火,立刻夹着尾巴向黑风口方向逃跑。野外地道早已设下埋伏,布下天罗地网。撤下来的敌人踩响了民兵们埋下的地雷,死伤一片。嘹亮的冲锋号吹响了,大平原顿时出现神兵千百万。山田、汤丙会被打得丢盔卸甲,连滚带爬地逃进一个砖窑里。高传宝带领民兵突然推开砖窑墙壁的砖垒,冲出地道,把枪口对准顽敌。汤丙会正要垂死挣扎,高传宝一枪击毙了他。见汤丙会被打死,山田凶相毕露,举刀向高传宝走来,妄图砍杀高传宝。只见高传宝将枪插在腰间,藐视地大声命令山田:"放下武器!"这时,崔连长冲进窑里,一枪打掉了山田的屠刀。高传宝一把抓起山田,喝道:"睁开你的狗眼瞧瞧!"这时,成千上万的民兵潮水般涌来,山田见此情景,瘫了下去。

远处红旗招展,人头攒动,一片人民的海洋。为了打败日本帝国主义,冀中地区的人民发挥聪明才智,在伟大的毛泽东同志的思想领导下,在伟大著作《论持久战》的指导下,发起了具有地方特色的游击战争——地道战。

正是在这种亦兵亦农的战斗模式下,我们伟大的人民一手抓生产,一手抓战斗,既保证了粮食生产,又打击了日伪顽寇的嚣张气焰,为早日战胜日本侵略者贡献了自己的力量。地道战在人民游击战争的历史上写下了光辉的一页。

影评选粹

乐观主义·地下长城

影片主要采用了传统的戏剧性结构,故事有头有尾,情节线性发展。从日寇一次次袭击,到高家庄人民一次次反攻,故事情节层层深入,渐渐进入高潮。这一系列的战争场面,洋溢着浓郁的革命乐观主义激情,具有强烈的感染力。

影片的特殊性表现在导演具体阐明地道战的技术、战术时,清晰地描写了隐蔽地道—战斗地道—村村相通的联防地道,这三个不同发展阶段的特点。通过对地道战高速发展的细致描写,给观众呈现出一个攻不破、摧不毁的"地下长城",使人民的武装力量在战斗中迅速成长起来,使敌人的疯狂挣扎以彻底失败告终。

导演还将战斗形式的特殊性,故事情节的生动性,战斗基本原则的深刻性,结合得恰到好处,因而更加强化了影片教育内容的普遍意义。影片通过敌人由疯狂进攻一直到全部被歼灭,和群众武装力量由小到大、由弱变强,直到战胜强敌的整个过程,形象地阐明了正义的人民战争,不论面临多少困难,迟早要胜利,而且必然要胜利的历史大趋势。

精彩回放

影片中较为精彩的一个场景是敌人企图包抄高家庄的那一幕戏。刹那间,房上、树下、墙角、屋后,四面八方飞来仇恨的子弹;

窗口、门旁、树后、路边,到处杀出复仇的刀枪,整个村庄构成了战斗的堡垒。

机枪手大康正在夹壁墙内打得起劲,接到高传宝的命令,迅速转到高房工事,打得鬼子四处乱窜。报销了一大堆鬼子之后,大康又转到树心洞口,朝正在碾盘旁搭人梯的鬼子猛烈射击。被大康打得失魂落魄的鬼子刚想跑到碾盘底下藏起来,突然有人从碾盘底下朝他开了一枪,于是鬼子惨叫一声丧了命。素云在夹壁墙里负责观察,发现鬼子进了院,立刻通过地道从驴槽口出来,掏出手榴弹向院中的敌人投去,炸死敌人一大片。高传宝、大康和乡亲们密切配合,把鬼子打得魂飞魄散。

这一幕淋漓尽致地展现了中国共产党人的英勇和智慧。他们带领游击队员和群众将地道的优势发挥到了极致,形成了一种"地道无处不在,枪眼无处不在。我军神出鬼没,敌人防不胜防"的状态。影片中的战斗情节刻画得相当好,激起了观众的感情波澜,使观众产生一种与高传宝一起酣畅淋漓地打了一场地道战的感觉。

七七事变

孩子,自古忠孝两难全,为了天下人就是大孝子。你去吧!

——赵母激励赵登禹奔赴战场

影片档案

出品:长春电影制片厂
编剧:尤建华
导演:李前宽　肖桂云
主演:吴桂苓　李法曾　吴京安

荣誉成就

影片荣获第十九届大众电影百花奖最佳影片奖。它为纪念世界反法西斯战争和中国人民抗日战争胜利50周年,献上了一份厚礼。

影片史料

九一八事变后,由于国民党政府采取不抵抗政策,1932年2月,日本侵略军侵占中国的东三省。1936年10月,三大主力红军胜利会师以后,全国形势发生巨大变化。日本帝国主义继续扩大侵华行为,并制订了1937年度大规模侵略中国的作战计划。日本帝国主义发动全面侵华战争的方案已经形成。

中国共产党高举抗日救国的旗帜,努力团结全国一切爱国民主力量,推动中国抗日民族统一战线的形成和发展。中共中央为促成抗日民族统一战线的建立,也在调整政策。1936年9月1日,中共

中央正式向党内发出指示，放弃"抗日反蒋"口号，实行"逼蒋抗日"的总方针。1936年12月12日，震惊中外的西安事变发生。

1937年2月15日至22日，国民党五届三中全会在南京召开。会议提出的谈判条件与共产党所提出的条件基本接近。这表明，国民党政府实际上初步接受了抗日民族统一战线政策，国内和平基本实现。

电影《七七事变》的故事就发生在这样的背景之下。

七七事变，亦称"卢沟桥事变"。1937年7月7日深夜，日军诡称一名士兵"失踪"，要求进宛平县城搜查，遭到中方拒绝。当交涉还在进行时，日军即向卢沟桥一带的中国守军发动攻击，并炮轰宛平县城。它标志着日本帝国主义蓄谋已久的全面侵华战争爆发。面对日军的进攻，中国守军奋起反抗。从此，全国性的抗日战争开始。

7月8日，中国共产党通电全国，号召全民族抗战。11日，日本政府决定增兵，调关东军及驻朝鲜日军各一部进攻北平，调日本国内陆海军一部进攻天津。17日，蒋介石表示应战。27日，日军攻陷廊坊、宝珠寺等地。28日，日军猛攻南苑，二十九军副军长佟麟阁、一三二师师长赵登禹殉国。至30日，平津陷落。

剧情故事

【人物列表】

中国方面：

宋哲元，字明轩，国民革命军二十九军军长兼冀察政务委员会委员长，华北地区最高指挥官。

佟麟阁，字捷三，国民革命军二十九军副军长。

张自忠，字荩忱，国民革命军二十九军三十八师师长兼天津市市长。

赵登禹，字舜城，国民革命军二十九军一三二师师长。

日本方面：

田代皖一郎，日本驻天津司令（1937年7月16日病逝后，由香月清司继任）。

牟田口廉也，侵华日军中国驻屯军步兵旅团第一联队联队长，七七事变现场最高指挥官。

一木清直，中国驻屯军第一联队第三大队大队长，七七事变的直接挑起者。

一

雨夜，电闪雷鸣中，卢沟桥上的石狮子隐约浮现出来。正阳街上，国民革命军第二十九军三营营长金振中带着一队士兵正在桥上进行巡逻。突然，一队日本兵迎面走来，他们骄横地向中国士兵示威。中日两军相互对峙，各不退让。

这时，一日军小队长骄横地喊道："统统给皇军让路。"金振中大声呵斥道："这里是我们的防区，你们应该向后转，给我们让路。"这时驻丰台的日军大队长一木清直下令对金振中部进行包围。日军小队长纵马冲向中国军队，愤怒的中国士兵将他拉下马来，中日双方顿时剑拔弩张，金振中命令大家抢占有利位置，以便进行必要的反击。

接到卢沟桥方面的报告后，旅长何基沣命令部队立刻去正阳街实施反包围。不一会儿，街道两侧房屋上下、楼梯间、街道口布满了中国士兵。一木清直一看情况不妙，赶紧收起刚才那副骄傲蛮横的嘴脸，向金振中表示这是一场误会。在金振中的严厉要求下，一木清直乖乖地给中国兵让开道路，灰溜溜地带着日本兵离开了正阳街。

作战指挥室里，宋哲元对冯治安说："蒋介石的枪口主要是对准中共，对日本人的态度是一再退让。所以咱们对日本人的态度是一不说硬话，二不干软事，那么蒋介石和日本人就都奈何不了咱们了。"

宋哲元接着说："为了避免矛盾激化，还是将丰台驻军全部撤出吧！"当听到要撤出丰台驻军的时候，冯治安激动地站了起来说道："那我还是什么河北省主席？小日本没费一枪一弹，就拿走了我一个镇！"宋哲元连忙解释道："我也不情愿。可是你想想，是一个丰台重要，还是整个华北重要？"冯治安难过地表示没办法同部下讲，宋哲元开导他说："想开点，日本人再能，他还能把丰台搬到日本去？忍一忍，目前的形势还是对我们有利的。"

校场上传来一片有力的喊杀声，战士们在演练无极刀法。赵登禹站在台上巡视检查。当他看到孙连长没精打采地练着大刀时，跳下台生气地喝问众人为什么不用心练习。孙连长辩解说："现在都什么年代了，还玩大刀片。"

为了让孙连长明白冷兵器在战场上也是一把杀死小鬼子的利器。赵登禹没有说话，从枪堆里捡起一条枪扔给他，自己拿起一把大刀，并且告诉孙连长可以开枪。于是他们拉开阵势，正式开始比试。

周围的士兵看呆了，他们从没有见过这么一场精彩的比赛，只见赵登禹一个漂亮的挑刺，在大家的惊叹声中，长枪划过一道优美的弧线之后落在地上一分为二。枪断了，孙连长满脸羞愧地倒在地上。赵登禹看着围观的士兵大声讲道："弟兄们，想当年咱们在喜峰口抗日，就是靠手中的大刀砍死了一千多个鬼子！"大家一阵欢呼。

二

中共北平学联党团书记彭涛来到学生中间给大家做思想工作。他告诉同学们："二十九军是冯玉祥的部队，有着光荣的爱国传统。

宋哲元虽然与日军妥协，但是他不会轻易地做汉奸，而且刘少奇同志说过，在华北地区不团结宋哲元，不联合二十九军，抗日便无从谈起。"

所以彭涛要求同学们将示威口号"打倒走狗汉奸宋哲元"改为"拥护宋哲元将军抗日，拥护二十九军保卫华北"。学生向他告状说，二十九军还镇压过学生游行。彭涛告诉他们："大敌当前应该团结一切可以团结的力量。"于是大家商量趁着二十九军组织学生军训团的机会，派出学生去二十九军下层士兵间开展统战工作。

在天津塘沽佟麟阁家里，佟麟阁正和赵登禹商讨战局的情况。赵登禹看着墙上悬挂的一首诗，低声念了起来："秦时明月汉时关，万里长征人未还。但使龙城飞将在……"佟麟阁接着念道："不教胡马度阴山。"赵登禹笑着说："我听说，你任张家口警备司令的时候对冯老将军说，只要有我佟某在，日本人休想跨过长城一步。当时，好像抄的就是这首诗吧！"

佟麟阁笑着点头称是，赵登禹戏称如果天下太平，佟将军就是一个做学问的人。佟麟阁表示自己的性子不像军人，全是逼出来的。赵登禹告诉他，日本人经常拿着中国的桃子告诉孩子说，你看，这就是中国的桃子，你们如果想吃的话，长大后就扛上枪打到中国去，因为那是日本的地方。佟麟阁生气地拍案而起，大声喝道："一副强盗的嘴脸！"赵登禹希望佟麟阁在大敌当前多主事，佟麟阁明确表示只要文人不爱钱,武将不惜死,中国就不会灭亡。

在军事会议上,宋哲元征询大家关于田代皖一郎提出的自治方案的意见。佟麟阁第一个慷慨激昂地反对道:"跟日本人搞华北自治,这样做不但会丢尽我们二十九军的脸,还会对不起死难的烈士,也对不起冯老长官对我们的栽培。"赵登禹立即表示赞同。军法处长萧振瀛慢悠悠地说好汉不提当年勇,他认为只要不引起战争,什么形式都可以考虑。一旦日本人翻脸,华北的地盘就保不住。以他的话说,就是:"只要我们保住地盘,才能有官做,有钱花!"

一听此话,赵登禹站起来气愤地骂道:"你好像就是日本人的高参。"冯治安连忙劝导他们不要动气。这时宋哲元转头问张自忠的意见,张自忠冷静地分析道:"绝不能成立自治政府,给自己套上枷锁。同日本人迟早是要打的,但是现在还没有到非打不可的地步,况且我军实力有限,能不打最好不打。"秦德纯接着说道:"要真的同日本人打起来,南京政府会支持我们吗?再说最近蒋介石一直电令我们将文物南移。"

听了大家的分析之后,宋哲元沉思了一阵,然后站起来义正词严地说道:"对日本人前倨后恭不但国人不能理解,就连我们的良心也过不去呀!这样吧,我们既不以退为守,也不以攻为守,就以守为守吧。各师考虑一下自己的防御措施,上报给张副参谋长。"

三

中南海怀仁堂里正在举行中日军人联欢会,日本顾问樱井拿出写好的上联让中国方面对下联。大家一看,樱井写的上联是:"琵琶琴瑟,八大王王王在上。"这分明是指代日本将称王称霸。原来阴险的樱井准备将中国人的军,他高傲地认为落后的中国不可能拥有先进的文明。

这时,一直没有说话的李先生用扇子挑起条幅看了看,鄙夷地

说道:"太嫩!"李先生略微思考之后,在日本人的惊诧声中提笔疾书。日本驻华军旅团长河边和田代看完之后脸色顿时变得铁青。原来,李先生写的条幅上是:"魑魅魍魉,四小鬼鬼鬼犯边"。参加联欢会的中国军人为李先生替中国人争了一口气而自豪。

河边看一计不成又生一计,他走到宋哲元面前说道:"日中互相提携本是功德无量的事,只要你们答应津石铁路、龙岩铁矿,以及塘津建港的事情,我们就保证你当上华北王。"宋哲元打着哈哈说:"华北王?我的手下能答应吗?我看我们都喝多了吧!"他巧妙地拒绝了河边的利诱。

但是,日本人没有就此放弃,田代认为宋哲元是地方实力派,掌握着天津和北平,华北又临近北平。所以,他认为要征服世界,必先征服中国;欲征服中国,必拔掉二十九军;想打垮二十九军,就首先要拿下卢沟桥。在一次喝酒的时候,田代逼迫宋哲元在《中日华北经济提携协定》上签字。宋哲元愤怒地质问:"你们事先没有说要签字呀！"宋哲元虽然气愤异常，但在日军的逼迫下还是无奈地签了字。

会议室里，宋哲元恼怒地说道："都怪我疏忽大意，中了小鬼子的圈套。经济提携协议拖着不办，就等于无效。看来形势逼迫我们不得不做抗战的打算呀！"参谋长张樾亭说："何应钦部长建议他们必要时撤出北平，保存实力，以等待全国抗战。"宋哲元叹了口气问道："怎么撤？"

副参谋长张克侠说道："北平已经处于三面被围之中。由丰台向东延伸的北宁铁路沿线均有日军驻扎，北平东面由日寇扶持的冀东防共自治政府控制，北面有集结于热河的日军。在西北方向，有蒙古军和大汉义军，只有南面的南苑和西南方向的卢沟桥处在我军的控制下。"听到这里，佟麟阁激动地说道："打，怕是早成定局。我考虑早作准备，方为良策。"于是，宋哲元命令张克侠尽快拿出作战方案。

赵登禹家的院子里，赵登禹同妻子给母亲熬药。赵母问儿子卢沟桥那边的情况，赵登禹告诉母亲快要打起来了。赵母连忙说道："三儿，前线吃紧，你一个军人待在家里陪着妈，像什么样子，你走！你走！"催促着儿子赶快回到战场上去。赵登禹只得告别母亲，回到军中。

1937年7月7日，日本曹长岩谷以日方丢失一名士兵为由，无理要求要进入宛平城搜查，遭到中国驻防士兵拒绝，日军指挥官牟田口廉也指挥部队向宛平城出动。何基沣命令金振中，如果敌人进攻，就坚决予以还击。

宛平城的日本特务机关部内，中日双方正在就"日方失踪士兵"一事进行谈判。樱井叫嚣城外找不到丢失的士兵，必须进城搜查。宛平县县长王冷斋据理力争道："枪声响起于宛平城东北方，我方在此并无驻军，经查明城内守军也并无开枪之事，每人子弹一枚不少。所谓日军丢失一事，经寻找也毫无踪影。"樱井蛮横地说道："专员的意思是我们自己把人藏起来了？"

王冷斋揶揄道："我们可没这么说，不过当年日本驻南京领事藏本先生自行藏匿的事，你不会忘记吧？"樱井恼羞成怒："请专员说话注意，这里是日本特务机关部。"王冷斋冷笑着说道："你们的特务机关也在北平市管辖范围之内！"樱井被说得哑口无言，却仍然无理地要求实地调查一番，王冷斋以理相争，坚决不退让。

然而，日军的谈判只是为其进攻拖延时间罢了，他们的真正目的就是以"日方失踪士兵"为借口，打开进攻华北地区的大门。驻扎在城外的日军已经从回龙庙方向向铁桥前进，铁桥上的中国士兵正焦急地等待着战斗命令。日本指挥官一木示意开枪射击，中国士兵立即开枪还击，一时间炮火交加，宛平城内硝烟弥漫，永定河上

掀起阵阵水柱。

蒋介石正在庐山"美庐"别墅内读报，陈布雷进来报告说毛泽东、朱德、周恩来发来电报，恳请蒋委员长严令二十九军奋勇抵抗，保卫平津，收复失地。陈布雷接着说彭德怀、贺龙、刘伯承、林彪等来电表示红军愿意立即改为国民革命军，与日寇决一死战。陈布雷请示蒋介石是不是要表明一下态度，蒋介石深沉地说道："日本人胃口再大也吃不下整个中国，我最怕中共。他们是要同我争夺天下。"

四

延安窑洞内，中共中央正在召开会议。毛泽东慷慨激昂地说道："平津危急！华北告急！中华民族危急！只有全民族实行抗战，才是我们的出路。号召全国同胞、政府与军队团结起来。宋哲元将军及部下和一切有爱国心的仁人志士都要团结在一起，组成民族统一战线的坚固长城，抗击日寇。同志们，国共两党一定要亲密合作，坚决抵抗日寇的新进攻。"

由于敌众我寡，力量悬殊太大，大铁桥最终还是落入日寇手中。一木望着远处露出嗜血的笑容。只见死人堆中，两个仅存的士兵正在拼死格斗，一个伤痕累累的日军活活扼死了一个受伤的中国士兵之后向一木求救，一木冷酷地掏出手枪将其射杀。

为了夺回大铁桥，团长谢世全率领士兵冲向敌人阵地，双方在大铁桥上展开激战。谢世全一刀砍断日本旗杆，然后追上一木将其一刀劈死。二十九军以排山倒海之势扑向日军阵地，阵地终于又被夺回来了。然而在日本人的强大攻势下，失而复得的大铁桥和回龙庙又再次失陷。恼怒的何基沣亲自带领敢死队夜袭大铁桥。在旅长身先士卒的精神鼓舞下，敢死队员以一当百，将敌人杀得丢盔弃甲。

陈觉生和一日本军官将一个花瓶送到宋哲元家里，宋哲元讷讷地告诉母亲，这是外交场合的曲意周旋。宋母冷冷地说道："我这个人迷信，我怕收了这礼，死后不清白，进不了祖坟。"说完她站了起来，拂手将花瓶扫落在地。

1937年7月26日下午，日本人拿着最后通牒告知宋哲元："限二十九军于本月28日正午前，撤出北平和宛平城。否则，一切后果由你军负责。请于明日前给予答复。"宋哲元大义凛然地说道："用不着答复。蒋委员长7月17日在庐山答复得很清楚。二十九军不能因为别人的要求而调动。"樱井威胁道："你们走也得走，不走也得走。"宋哲元强硬地答复道："那就枪炮上见。"樱井见状，只得怏怏离去。

宋哲元正在召开高层会议，讨论御敌情况。宋哲元神情肃穆，气宇昂然地宣布抗战命令："为了华北的父老乡亲，现在，我命令通电全国，准备抗战！"

宋哲元等将领站立在点将台上开始誓师，可不一会儿，天空下起瓢泼大雨。手下替宋哲元撑开雨伞，宋哲元挥手拒绝。他告诉众将士，自己收养了两个烈士遗孤，一个叫作纪峰，一个叫作纪峪，是为纪念在喜峰口、罗文峪阵亡的烈士而起的。他大声说道："这两个孩子已经四岁，可是此仇仍然未报。敌人又来占我家园，我二十九军将士只有抗战，才能上对得起祖宗，下对得起烈士！"

赵登禹快步走进客厅，一家人正忐忑不安地等着他。赵登禹惊奇地问母亲怎么还没休息，赵母反问他仗好打吗，赵登禹老实地说道："有点晚了，日本人从满洲和本土调来了好几个师团的兵力。"赵登禹的儿子扑到爸爸怀里要玩大刀，赵登禹爱怜地说道："要是爸爸没能把日本人赶走就倒了，你就接过爸爸的大刀，继续跟小鬼子干到底！"赵登禹的妻子嗔怪丈夫净说不吉利的话。赵母拿过勋章给儿子戴上，说道："喜峰口一仗，你成了大英雄，可是你手下大刀队的一千多弟兄却战死沙场，妈就是让你别忘了弟兄们的血。孩子，自古忠孝两难全，为了天下人就是大孝子。你去吧！"赵登禹摘下帽子，给母亲鞠躬之后匆匆离去。

五

出征前，佟麟阁带着一面大旗，旗上写着"佟某与炮共存亡"。他告诉将士们，背水一战，不击溃敌人，佟麟阁愿洒尽一腔热血以谢天下。众将士受佟副军长激励，异口同声地喊道："有进无退，死而后已！宁为战死鬼，不做亡国奴！"佟麟阁告诉赵登禹，自己已经告诉家人将准备盖房子的木头替他做一口棺材。赵登禹说："我就不准备棺材了，大丈夫战死沙场，万死不辞！"

战斗非常激烈，佟麟阁率众人穿行于青纱帐中，子弹纷飞，佟麟阁腿上中弹。他自知行动不便，便催促教育长张寿龄带着众人突围。张寿龄依依不舍，不愿离去。佟麟阁夺过机枪将其推走。爆炸声中，佟麟阁倒了下去，一代名将就以这样壮烈的方式昭示人民：中华民族不容欺侮！

部队继续撤退，赵登禹试图重新建立指挥系统。他命令二连留下和他一起打狙击，三连马上转移。于是在部队的掩护下，老百姓率先安全撤退。赵登禹乘汽车赶到大红门指挥战斗，他高声喊道："弟兄们，一定要守住大红门，不能撤呀！"这时，背后响起枪声，赵登禹中弹倒地，日军飞机将大红门炸成一片废墟。

一时间两位将星猝然陨落，正所谓"出师未捷身先死，长使英雄泪满襟"。将军们用自己的生命书写了一个大大的人字，告诉我们：勿忘国耻，精忠报国！

在硝烟外，宋哲元正在召开高级将领会议。赵国治浑身血迹地闯进来告诉众人：部队伤亡惨重，佟副军长和赵师长先后牺牲。宋哲元悲痛地大呼："断我左臂，此仇不共戴天。"张自忠急忙说道："目前南苑已失，城内四个团的兵力是守不住的。"他恳请宋哲元突围去保定。于是宋哲元命令张自忠留下，并让张克侠负责最后的收容工作。

汉奸陈觉生和潘毓桂来到张自忠家，劝说张自忠通电反蒋，宣布独立，与日本人合作。张自忠听了他们的说辞之后突然怒喝："滚！"将两人赶了出来。在日寇的强大攻势下，张自忠惨淡经营，与日本人展开周旋。然而不明真相的老百姓骂他汉奸，甚至有报纸宣称其为"张邦昌之后"。张自忠全然不放在心上，他请卫队长转告三十八师李文田副师长："别人可以打败仗，张自忠不能打败仗，我只有拼着一死，用真实的战绩来洗刷我的冤屈。"

卢沟桥头，日军坦克、步兵向前快速推进。何基沣带领着将士们拿着大刀杀向敌群。霎时间，卢沟桥一片血海。面对武装到牙齿的日本军队，二十九军将士虽然装备落后，却以昂扬的斗志与日寇展开殊死搏斗。一队队中国士兵冲上前去，被日军猛烈的火力扫射倒地，然而后面的士兵又前赴后继地涌上前去，与敌人殊死一搏。刹那间，枪炮声、厮杀声、凄惨的叫声不绝于耳，战场上尸横遍野。

何基沣向芦苇荡前死难将士的棺椁敬礼。这时，蒋介石发来电报：军部命令立即撤离防区，全军战略转移至保定，会同中央部队共同作战。何基沣无奈地命令号手吹响集结号。这时一阵悲凉的号声在芦苇荡上空飘荡，久久回旋在众人的耳畔。

乡亲们自发地来为何基沣部队送行。何基沣沉痛地讲道："父老乡亲们，我们二十九军奉命撤离朝夕与共的防地。承蒙父老乡亲对我们的支持。"接着，他告诉王冷斋，"我们阵亡将士的尸体，就麻烦您和大家埋葬在卢沟桥畔。"王冷斋郑重承诺："放心吧！百姓和我一定会岁岁祭奠，年年上香。"何基沣感慨地抽出大刀说道："苍天有眼，北平失守，非战之过，只要我何基沣一息尚存，则我存刀存，我亡刀亡，誓死血洗国耻，消灭日寇！"

战士们依依不舍地含泪走过卢沟桥，向前开进。这时一个双眼失明的战士抚摸着桥栏上的狮子久久不能释怀。何基沣走近战士，轻轻地扶着他离开……

影评选粹

革命战争题材的经典之作

　　这是一部感天动地的史诗画卷，它有诸多真实感人的历史人物，我们努力在"史""戏""人"这三个字上下功夫，既表现1937年发生在中国大地上的真实历史，又能从那些有震撼力的画面和感人的戏中，认识几个真实的历史人物，并从中感悟到一点"民族之魂"，这便是影片《七七事变》的魅力和我们的创作初衷。

——李前宽　肖桂云

　　这是一部典型的重大革命历史题材影片，一部表现反法西斯正义战争的历史巨片，是一曲讴歌中华民族宁死不做亡国奴的正气之歌，是一幅描绘中华民族全面抗战的伟大历史画卷。

　　影片场面恢宏，气势磅礴，人物众多，既洗练沉稳又慷慨激昂。作品真实地再现了1937年7月7日夜，侵华日军向宛平守军无端挑衅遭回绝后，大举进攻卢沟桥，以及国民革命军第二十九军将士同仇敌忾，奋起抗击日军的过程。

　　编导独具匠心地采用了全景式的艺术结构，把视角伸向相关的各个层面，并不是简简单单地堆砌史实，罗列人物，而是在整部影片史诗般的基调中，以一个个生动的细节，塑造了一批真实感人的人物形象。每个人物虽着墨不多，但个个有血有肉，个性鲜明。

　　在风格上，影片不仅场面气势恢宏，意蕴深厚，而且有细致入微的性格描写和细节描写，呈现出一种"远看刀削斧砍气势恢宏，近看精雕细刻不失其真"的艺术魅力。还吸取了寓意、象征、抒情等表现手法，以雄浑凝重的画面凸显"中华民族到了最危险的时刻"所涌现出来的英雄人物，传递他们可贵的精神品格。

精彩回放

为了捍卫民族的尊严，中华民族的铁血儿女用血肉之躯筑起了新的长城。面对日寇的步步紧逼和猖狂进攻，全国军民团结一心奋起抗击。影片在细节处理上精心别致，丝丝入扣，自然流动的画面中传递爱国之情和民族大义。

赵登禹快步走进客厅，一家人正忐忑不安地等着他。赵登禹问母亲为什么还没休息，赵母反问他仗好打吗，赵登禹如实回答了战场情况。这时，儿子扑到爸爸怀里，要玩大刀，赵登禹爱怜地说道："要是爸爸没能把日本人赶走就倒了，你就接过爸爸的大刀，继续跟小鬼子干到底！"妻子嗔怪丈夫说的话不吉利。赵母深明大义，既是劝慰，又是鼓励地说道："喜峰口一仗，你成了大英雄，可是你手下大刀队的一千多弟兄却战死沙场，妈就是让你别忘了弟兄们的血。孩子，自古忠孝两难全，为了天下人就是大孝子。你去吧！"赵登禹给母亲鞠躬行礼之后匆匆离去。

导演用细腻真挚的镜头语言，描绘出守土抗战之军人内心深处难以割舍的亲情，军人的母亲在民族危难之际的大义凛然。

归心似箭

> 玉贞！要是鬼子打不死我……打走了鬼子，我就回来！
> ——魏得胜深情地对玉贞说

影片档案

出品：八一电影制片厂
编剧：李克昇
导演：李　俊
主演：赵尔康　斯琴高娃　马志刚

荣誉成就

本影片凭借突出的思想和艺术成就荣获1979年度文化部优秀影片奖,1979年第一届上海文汇电影奖最佳影片、最佳摄影奖,1979年国庆30周年献礼影片,1983年第一届解放军文艺奖,1992年第一届中国电影优秀摄影奖提名,1996年"新金杯"中国反法西斯战争优秀影片。

影片史料

伪满洲国

伪满洲国是日本帝国主义侵占中国东北后建立的傀儡政权。1931年11月,日本侵略者把已废黜的清朝末代皇帝溥仪从天津秘密接到东北。1932年3月在长春成立伪满洲国,溥仪"执政",年号"大同"。1934年3月更名为伪满洲帝国,溥仪改称"皇帝",年号"康德"。1945年随着中国抗日战争的胜利而覆灭。

东北抗日联军

东北抗日联军,是土地革命战争和抗日战争时期,中国共产党创建和领导的在辽宁、吉林、黑龙江省抗击日本帝国主义侵略,反对伪满洲国统治,独立坚持14年游击战争的人民武装。1931年九一八事变后,中共东北党组织先后领导创建了10余支抗日游击队,开展游击战争。1933年5月中旬,中共满洲省委决定组建东北人民革命军,并在上述抗日游击队的基础上,先后组建6个军。1936年2月20日,东北人民革命军改称东北抗日联军,后发展到11个军,3万余人。

1939年以后,由于斗争形势恶化,部队减员较大,至1941年初已不足2 000人，后陆续转移至中苏边境地区坚持斗争。1942年8月，缩编为东北抗联教导旅。1945年8月配合苏军参加远东战役，后改编为东北人民自卫队。10月编入东北人民自治军。

矫正院

矫正院，全称"矫正辅导院"，伪满时期日本帝国主义对中国东北人民进行法西斯统治的机构。1943年日伪当局公布了《保安矫正法》和《思想矫正法》，标志着日本殖民者在东北推行矫正制度的法律基础的确立。接着日本殖民者在奉天、哈尔滨、佳木斯、本溪、辽阳等地设立"矫正辅导院"。矫正院是为贯彻上述两法而镇压、监禁、役使、迫害东北人民的主要机关。

剧情故事

一

1939年的冬天,魏得胜所在的营突然接到任务,要从北满到南满去和一路军取得联系。摆在他们面前的不仅仅是几千里地的高山密林,还有日本鬼子的层层封锁线,以及白天黑夜的战斗和无法预料的艰难困苦。

抗日联军不怕艰难,不畏困苦,收拾好行装就上路了。那时候,三十出头的魏得胜是东北抗日联军第二路的一个连长。因为面老,同志们都管他叫"老魏头"。

夜里,部队宿营在野地。篝火前,魏得胜提着一盒热水走到小徐子跟前,说:"来,先喝口热汤,暖和暖和,小心别让伤口冻着。"

小徐子不好意思地说:"连长,老让人家照顾我,我真有点……"

魏得胜却不在意这些,"嘿,用不着,我头一遭挂彩的时候,咱营长就背了我一天一夜。那时候,我刚参军,挂了彩,说实在的,不知咋的,心里委屈,就哭起来啦!"

在篝火边烤火的营长说:"那时候,老魏头哭得像个小丫头似的!"

众人听了哈哈笑起来。

第二天,天还没亮,部队便急急地奔出丛林,营长跑在前面,命令大家迅速渡河。就在这时,敌人发现了他们。不到片刻,炸弹、子弹呼啸而来。战士们快速冲过冰河,魏得胜打机枪掩护。此时,一颗子弹不偏不倚地打在了魏得胜的腿上,魏得胜倒进冰水中,失去了意识。

魏得胜醒来,发现自己已经躺在伪哨所里。一年老伪军在为他收拾伤口。一会儿,一个伪军开门进来。这个伪军是一个小班长,官虽不大,却总是摆着一副官架子。他看着魏得胜,说道:"是个抗联吧？"

魏得胜没有理会，伪班长又走到炕前继续说："我数过啦，你小子身上有 11 处枪伤。你资格不浅啊，你要不是个抗联，我改个姓！"

魏得胜说道："改吧！"

老兵听了，想帮魏得胜说句话："班长，我看他不像个抗联！"

伪班长哪里信老兵的话，咬定魏得胜是抗联。魏得胜最瞧不起这种卖国求荣的汉奸，冷声嘲讽，说伪班长是畜生。没说几句，俩人就扭打在一起。

在一旁的老兵见拦不住，掏出枪，对准魏得胜，"不许动！"

魏得胜回头看着老兵，劝道："把枪放下，老哥，我知道你是中国人。你不想打我，你那子弹没有上膛！"

老兵放下枪对魏得胜说："我送你过桥！"说完，老兵带着魏得胜走出哨所，机智地瞒过岗哨，成功送走了魏得胜。

二

魏得胜来到一户农家门口，想讨口饭吃，谁知竟意外碰到了小徐子。魏得胜惊喜地搂住跑上来的小徐子，"小徐子，你咋在这儿啦，咱们队伍呢？"

"队伍？还问队伍，队伍完啦！"说完，小徐子趴在老魏肩上哭了起来。

魏得胜猛推小徐子一下，"你乱说，队伍完了，你咋没完！咱们队伍完不了，别说剩下两个，剩下一个，咱们队伍也完不了。"

忽然，一个大汉一把抓住小徐子的衣领，一耳光把小徐子打到一边，扭身回头看魏得胜，问道："干啥的？"

魏得胜思索了一下，回答说："城里有仇人，被逼无奈，逃进山里来啦！"

大汉姓齐，大家都叫他"齐大爷"。齐大爷像是不太信，没好气地说："不像个好人！"

魏得胜走前几步，"大爷，这年头，黑白颠倒，好，许是坏；坏，许是好！"

齐大爷揭开锅盖盛了一碗苞米粥，走到魏得胜跟前，"小子，我看你馋了，吃点！"

魏得胜接过碗坐一边，大口地吃开了。

月光下齐大爷在溪边修理铁锹，对魏得胜说："人呐，总得有个奔头。你是个有出息的人，我琢磨着你是非走不可了，走就走吧，过几天把金子分分，你就走！"

魏得胜惊讶道："齐大爷，真的？"

齐大爷肯定道："真的！"

齐大爷为了让魏得胜可以安全离开，利用自己的关系从伪军那里买了一个"国民手账"。

晨雾中，齐大爷站在河边为魏得胜送行。惜别时，齐大爷把一件棉衣交给魏得胜，"带上这件棉衣吧！到时候，你会有用处的。打你来那天我就知道你是干什么的了，走吧。不死，咱们还能见得着。"

魏得胜接过棉衣，紧紧地握着齐大爷的手，心中充满感激。与齐大爷道别后，魏得胜转身沿着河边向前走，可没走多远，

他就被后面追来的伪军抓走了。

三

黑暗的牢房里，两个日兵押着戴镣铐的魏得胜沿台阶走下来。魏得胜疲惫不堪，扶墙走几步就扑倒在地上，昏睡在了阴暗潮湿的地上。

原来，魏得胜那天被伪军抓壮丁，抓进日军建的矫正院，每天白天都要充当苦力，为日本人运煤。

这天晚上，"囚徒"们拥挤在破席烂炕上休息。魏得胜从炕沿拿半块砖当枕头，朝炕里躺下。魏得胜刚躺下，一只脚丫子伸过来在魏得胜的右背敲了几下，紧接着一个声音说："头朝外，朝里该挨揍啦！"

魏得胜听声音觉得耳熟，转身看讲话的人，认出是放他走的那位老兵，激动地说："哎呀，老哥！"二人久别重逢，紧紧地抱在一起。

又是一天，"囚徒"们背着煤在井下坑道里吃力地走着。一处废井旁，老兵刨着煤。魏得胜钻进险区，在废坑道中慢慢前行，突然前方出现一道光亮，他急走前几步停下来，发现一废井口通向野外。

忽然，外面开始骚动，魏得胜顾不得多看，转身钻出险区口。只见前方塌方处，众人搬起压在老兵身上的大煤块。满脸血污的老兵躺在地上。

"老……哥！"魏得胜悲痛地上前抱起老兵叫，"老哥！"

同是"囚徒"的"眼镜"劝魏得胜说："别哭啦！在这种地方要是见了死人就哭，还不得把你哭死呀！"虽然这样说，但他自己也哭了，其他"囚徒"也跟着哭起来。

魏得胜从怀里放下老兵说："老哥，我向你发誓，我要叫兔崽子给你偿命。我要逃出矫正院给你报仇！"

"眼镜"叹道："唉，左一道电网，右一道电网，满山的兵，往哪儿逃？没有希望呀！"

魏得胜说："咋叫没希望，只要敢逃，就逃得出去。要是不敢，敞开大门，你也出不去！"

坑道深处犬口举着手电走来，照照躺在地上的老兵，又转身叫着："干活去！干活！"

众"囚徒"站起身走去，魏得胜闪进另一坑道口。从地下抱起大煤块，等犬口走过来时从背后用全力猛砸向犬口，犬口倒了下去。

魏得胜拿起犬口的枪，拖犬口放在老兵旁边，准备率领众"囚徒"逃出矫正院。临走前，魏得胜俯身对老兵说："老哥，我们走啦，让这兔崽子给你守灵了。"

众"囚徒"跟随魏得胜，从废井口跑出去。没多久，鬼子与伪军就追了上来，魏得胜一边急跑，一边开枪反击追兵。魏得胜跑到一个水塘边，跳进水里，想要游到对岸。追兵追到水塘边，冲着水里不断开枪。子弹如雨点般落下，河水顿时变红，追兵以为魏得胜必死无疑，也就离开了。

黄昏，负伤的魏得胜在树林里艰难地爬起来，跌跌撞撞地往前走几步又跌倒在地。魏得胜勉强地爬向溪边，爬了几步爬不动了，昏死在那里。

四

村中小路，一只黑犬沿路跑来。栓柱在前，玉贞在后面挑着一担水，二人沿小路走来。看到魏得胜躺在溪边，玉贞上前扶起魏得胜，与栓柱一起把他救到家中。

村中晨雾。玉贞端药碗走到炕边坐下，一边给魏得胜掖被子一边说："烧了七天七夜，像个火炭似的说胡话，大喊大叫的，可吓人啦！亏得是我，胆小的，早吓跑了！"

说完，玉贞端起药碗要亲手喂魏得胜喝药。魏得胜不好意思，伸出两只包扎得紧紧的手准备接过碗。玉贞轻轻把魏得胜的手按下说:"你那手还不管用呢,就着我手喝吧!"

魏得胜感激地说:"这,这真不知让我说啥好啦!"

"那就别说啦!人好了比啥都强……"说着,玉贞用勺在碗里搅了搅,又递过一勺,"你这是咋整的?"

"我是打矫正院出来的。当着真人不说假话,我是个'抗联'!"魏得胜边喝药边答道。

玉贞说:"你不说,我也猜着啦,你那后脊梁上还有号头呢。可我就觉得稀罕,你这人身板儿就不是肉长的?胳膊、手腕、波棱盖儿,白花花的骨头渣子都磨出来啦!腿上枪伤全烂啦!"

玉贞在院里一边用簸箕筛粮食,一边喂鸡。这时,董老利肩背褡裢来到院里,给魏得胜做手术。董老利走到炕前,向魏得胜抱拳,魏得胜急抬身欲起。

董老利将魏得胜按下说:"躺着吧。好孩子,你身上的伤,我看过啦,我一看就明白啦。我那一根六个叶的老山参,算把你一条小命从阎王爷手里抢回来啦!也多亏玉贞照顾。你放心,在我这儿养着,我这是王法不到的地方,就是山神爷打这儿过,他也得给我挂个号。"

魏得胜感激地说:"大爷,我魏得胜这条命全是你们的。"

董老利给魏得胜做了手术,魏得胜的身体渐渐开始恢复。几天之后,魏得胜悄悄地尝试下炕。栓柱吃力地从屋里搬出长凳放在院里,玉贞扶着魏得胜从屋里出来。这是魏得胜病后第一次到室外,魏得胜只觉得阳光耀眼,心中无比敞亮。他举手搭在眼前抬头四望,眼中映着蓝天白云下的村庄……

魏得胜听见雁叫,抬头望去。一队大雁正向南飞。玉贞顺着他的目光也望向天空,说道:"天冷啦,雁都往南飞啦!"

魏得胜有感而发:"人常说鸿雁传书,它们要是能给我们营长捎个信去多好啊！"

魏得胜担着水桶跟着玉贞向林中的溪边走着。一路走下来，魏得胜感叹说："可不近呵，当初你是咋把我弄上去的？"

"背，背不动就拉，我也不知道咋有那么大的劲儿。你比死黑瞎子还沉呢，死沉死沉的！"玉贞调皮地回答道。

魏得胜也被玉贞的幽默所感染，顺着气氛说下去："要不是你，我早喂黑瞎子了，这恩情可是没法报答的恩情！"

玉贞听了他的话，故意夸张了语气说："哎哟，我可就等着你说这句话呢！你这个人的嘴还怪甜呢！那你一天就给我挑两趟水。"

"那容易！"魏得胜一边说着一边提起一桶水来，回过头笑着说，"我就一天给你挑两趟。"

玉贞又说："挑到我儿子娶媳妇，挑到我闺女出门子，给我挑一辈子！"

魏得胜欢喜地问："挑一辈子？"

玉贞连羞带笑，肯定道："挑一辈子！"

魏得胜沉思着不自禁地笑着自语："挑一辈子。"

静谧的夜，魏得胜独坐溪边沉思。玉贞从小道走到老魏身边站住，关怀地问："这么老半天，我没有听见你进去，寻思你摔倒了呢！三更半夜的，风挺大的，你傻呵呵的，在这想啥呢？"

魏得胜说："睡不着……出来凉快凉快！"

玉贞有些担心："再凉快，你可就变成一块冰了！"

魏得胜站起身拉住玉贞的手，唤道："玉贞！"

玉贞抬头望着魏得胜说："你这块冰，就是烤也烤不化呀！"

魏得胜激动地搂住玉贞，二人头紧贴在一起。

魏得胜说："玉贞，我这腔子里装的，可不是块石头，也不是块冰，是个活蹦乱跳的心。要把它掏出来，准能冒半尺高的火苗子。玉贞，给你挑一辈子水，不行啊！你知道，我得找我的队伍去。"

归心似箭

玉贞从魏得胜怀里抬起头来，不无哀怨地说："我说啥也不明白，你那队伍上，就缺你一个人啊？"

"就缺我一个！"魏得胜语气坚定。

玉贞要哭，声音也变得哽咽："你说咋的就咋的，这些日子我也不知道是咋的了。你可别瞧不起我……"一边说着一边把头靠在老魏怀里抽泣起来。

魏得胜安慰她："玉贞，你想到哪儿去了！"

五

董老利和齐大爷盘膝坐炕上说家常，说得哈哈大笑。董老利提到魏得胜："这小伙子的人品是没挑的，忠厚老成，还是个抗联，也该称心如意啦！"

"抗联？"

董老利说："打矫正院出来的，差点叫鬼子折腾死啦，要不是玉贞救了他,也早完啦,这可真是千里姻缘一线牵哪!"

说着两人又哈哈笑起来,玉贞领栓柱进屋,玉贞叫:"爹!"

董老利满脸的喜气说:"这媒我做啦,喜酒我喝啦!玉贞,快把你那当兵的叫来,让你爹瞅瞅。"

玉贞站门边向院里一努嘴道:"那不……"

齐大爷顺着玉贞指的方向看去。一看,那背柴进院的人,不正是自己所救的魏得胜嘛。

齐大爷和魏得胜惊喜地相见,两人哈哈大笑。齐大爷拉着魏得胜向屋里走,笑着说:"咱爷俩真叫有缘分!"

魏得胜也笑着说:"是呀!"

齐大爷接着又感叹说:"宪兵、警察也把咱们打不散、分不开呀!玉贞,把鸡给炖上,把酒给烫得热热的,我们爷儿们好好喝一顿。"

玉贞坐在灶前往灶内添柴。火光映红了她的脸,她微笑着沉浸在幸福的回忆之中。

魏得胜和玉贞坐在灶前。玉贞有些伤感地说:"不知咋的,这会儿我心里头老是空落落的!"

魏得胜也有些难过道:"难道我就不愿意,就这样坐在暖烘烘的灶坑前头,就这样烧火,守着你吗?"

玉贞心中有千万不舍,但最终还是说:"我也明白,你是个有心胸、有志气的人,昨晚给我爹说啦!我爹也不怪你了,你走吧!"

魏得胜激动地拉过玉贞的手,深情地望着玉贞的眼睛说:"玉贞!要是鬼子打不死我……打走了鬼子,我就回来!"

"要走,就早点走,不是我撵你,眼看天就冷啦!北风烟雪的,道上难走啊!"说着,玉贞难过地低下头,停了会儿又说,"我当着灶王爷说,三年、五年,十年、八年,我等着你……"说着眼里充满了泪水,将头埋进老魏的前胸。

玉贞和魏得胜在桦树林中走着,玉贞嘱咐魏得胜:"记住,实在找不着队伍的时候,可千万回来!"

魏得胜自信地说:"哪能找不着?放心吧,别送啦!"

玉贞低头一边给魏得胜系包袱一边含着泪说:"我等着你,打完鬼子早点回来。"

玉贞低下头,魏得胜扶住玉贞的肩说:"咋又哭啦!"

玉贞含泪强笑说:"谁哭啦!"转身向来路走去。

魏得胜目送玉贞离开,待玉贞走远,他也转身走了。其实,玉贞并没有真的离开,她藏在树后望着魏得胜的背影,禁不住泪流满面,在心中为他祈祷着平安。

大雁远去。回到部队的魏得胜,仰望着天空的大雁,低头掏出玉贞送的烟袋,思念不禁随之飘向了远方。

影评选粹

英雄与爱情

影片通过主人公魏得胜掉队后所经受的死亡和爱情的考验,表现了他刚毅坚定、百折不挠的献身精神,体现出人物的心灵之美和革命理想。特别是魏得胜和玉贞之间的爱情,表现得质朴自然,含蓄深沉,真切感人。创作者成功地把握了英雄与爱情的关系,让爱情成为再现英雄本色的契机,并把对爱情的描写置于特定的环境之中,使之具

有了独特的色彩。表达爱情的语言质朴动人，令人耳目一新。

影片通过对细节的刻画，既表现出人物的性格特征，也体现了无法用语言表达的人物内心的感情波澜。在此基础上，影片歌颂了主人公的思归之心，揭示出人物的心灵之美和革命理想。

本片力求朴素、自然、真实，使造型处理和表演风格和谐统一。含蓄深沉的爱情描写堪称经典，豪放中不失细腻，委婉中但见生动。画面、节奏和音乐等方面的艺术表现细腻别致，增强了全片的艺术感染力，体现出独特的艺术风格。

精彩回放

魏得胜伤愈后，主动帮助玉贞承担起家务。在接触过程中，两人彼此都产生了好感，但两人谁都没有将"爱"字说出口。这是符合中国传统的爱情观的。

两人来到井边挑水，玉贞含羞地对魏得胜说："你一天给我挑两趟水，挑到我儿子娶媳妇，挑到……"从中可以看出，玉贞此时的感情已经像火一样燃烧了，但是她表现得那样含蓄。

这个场面具有典型的中国画意蕴深长的意境，是影片民族化风格的一个极有代表性的段落。干净，却不单薄；言有尽，而意无穷。

狼牙山五壮士

　　他们身上体现了中国共产党领导的人民军队的优秀品质，体现了中华民族的英雄气概。
　　——聂荣臻元帅对狼牙山五壮士的评价

影片档案

出品：八一电影制片厂
编剧：邢　野　孙福田　和谷岩
导演：史文帜
主演：李长华　高保成　李　力
　　　张怀志　霍德集

荣誉成就

影片以其独特的艺术魅力,犹如一朵鲜艳的花,怒放在新中国电影的百花丛中。

影片史料

1931年9月18日,日本帝国主义发动了九一八事变,军事占领了东北。1937年7月7日,又发动了七七事变,抗日战争从此开始。由于国民党推行片面抗战路线和法西斯统治,其军队在正面战场上节节退败,大片国土沦陷敌手。与此同时,共产党领导八路军、新四军,依靠人民群众,在敌后开展了广泛的游击战争,建立了许

多抗日根据地，迫使日军在占领广州、武汉后停止战略进攻。抗日战争进入相持阶段。影片所讲述的五壮士的悲壮事迹正是在这个背景下发生的。

剧情故事

一

1941年8月，侵华日军调集重兵，在华北地区发动了空前残酷的"大扫荡"，试图毁灭晋察冀边区的抗日民主根据地。敌人在西线遭到八路军与民众的沉重打击之后，迅速转向东线，企图消灭八路军一分区主力部队。敌人四路出动，凶猛地向狼牙山区扑来。

为了更有力地打击敌人，八路军决定把主力转移到外线作战。一分区主力部队奉命撤出狼牙山区，插到敌后平汉铁路线作战，乡亲们将随着部队转移。一团七连接受了掩护党政机关、部队和群众转移的任务。

团长来到七连六班，对战士们说："这次鬼子来了三万多人，又是'三光政策'，又是铁壁合围……你们一定要很好地完成这次掩护任务，毛主席、朱总司令和边区老百姓都在关心着我们，这一回可要看你们的啦！"战士们立正站好，信心满满地说："保证完成任务！"

敌人的队伍就像一条巨蟒，蜿蜒着行进在路上，在洗劫了一个村庄之后，又继续向前进发了。日军旅团长高见命令副官呈报山木师团长："共产军八路一分区主力，已陷入我大军包围之中，我要在最短期间内，消灭八路军第一团，占领狼牙山。"

汉奸赵玉昆骑马过来，一脸谄媚地说："卑职认为，凭皇军的军威和旅团长亲自督战，再加上卑职的协助，一周之内定能全歼八路军第一团，占领狼牙山！"高见轻蔑地笑了一声，说道："赵队长，你未免太轻敌了吧，八路军诡计多端，神出鬼没，我们必须武力智谋兼有，才能制胜啊。"

敌人很快来到了张家庄，高见命令攻占张家庄。附近山上的战壕里，七连战士正在密切监视着敌人的行动，不时举起枪向他们开火。见时机成熟，连长带着两个排撤退，掩护老百姓转移，留下六班在这里牵制敌人。六班战士们端着步枪，一齐向敌人开火。

大批的敌人向山上涌来，班长马宝玉与葛振林、胡德林两位战士毫不畏惧，奋勇杀敌。宋学义、胡福才打算撤走，但又返回来，向班长报告："班长，山后也有敌人了。"果然，敌人像苍蝇一样嗡嗡地从后山扑上来。

班长马宝玉见四面都被敌人包围了，决定先撤退。刚要撤，他们就看见了前方敌人的骑兵。马宝玉决定分散突围，到北齐村集合，又命令葛振林把敌人的骑兵引开。

葛振林答应后，端枪瞄准一个鬼子，只听"啪"的一声，鬼子应声倒下。葛振林一个箭步上去，骑上敌人的战马，调转马头，策马而去。鬼子终于反应过来，立即返回来追赶。马宝玉见敌人的骑兵被引开了，赶紧带队撤退。

在掩护群众上坡时，马宝玉的头部中弹受伤。宋学义抬头一看，发现了开枪的鬼子，愤怒地举起枪，打死了鬼子。又有敌人上来了，受伤的马宝玉命令战士们掩护老乡，分散撤退。

很快，葛振林甩开了敌人，迅速赶回阵地，与胡德林、宋学义、胡福才会合。之后，他们一起去北齐村找班长马宝玉。此时，马宝玉由于头部中弹，正在北齐村张大爷家休养。张大爷用盐水给马宝玉擦洗伤口，马宝玉疼得紧皱眉头，龇牙咧嘴。张大爷安慰着他。

二

黑夜中，敌人偷偷摸摸地朝北齐村这边移动。拿着红缨枪放哨的秀莲赶紧跑回村里报信，大家顿时紧张起来。马宝玉对张大爷说："大叔，你们走！"乡亲们争着说："那怎么行，要走咱们一块走。"马宝玉跳下炕来，张大爷背起他就走。

敌人来到村口踏响了地雷，被炸得七零八落，狼狈不堪。趁着鬼子惊魂未定，妇女主任惠芬掩护张大爷和马宝玉成功撤离。但惠芬和几个妇女却被赵玉昆发现，拦住了去路。在搜查时，赵玉昆发现了马宝玉掉下的带血的帽子。

赵玉昆怒不可遏，对惠芬大声喝道："快说，这是什么？你们窝藏八路！"来不及逃走的老百姓聚在一起，任赵玉昆怎么逼问，都默不作声。乡亲们都恨透了这个汉奸，一言不发。

赵玉昆终于失去了耐性，抢过惠芬的孩子扔到事先挖好的火坑里。

惠芬呼喊着孩子的名字奔向火坑。赵玉昆向她开了一枪，惠芬倒在地上。高见对赵玉昆说："我们向狼牙山追进！"随后，敌人对乡亲们进行了血腥的大屠杀。

张大爷背着马宝玉出了村，在一座房子里隐藏下来。想着自己因为伤病而连累了乡亲们，马宝玉忧心如焚。他拿出一把刀来，恳求张大爷让他出去拯救乡亲们。张大爷说什么都不肯答应，苦劝着马宝玉，让他好好休息。

敌人走后，胡德林、葛振林、宋学义、胡福才终于找到了马宝玉。马宝玉欣喜万分，对他们说："咱们赶快进村，去救乡亲们。"随后，他们来到村里，发现这里早已经化为一片废墟，燃烧着的断壁残垣还冒着滚滚浓烟。

在乡亲们的尸体中，大家发现了奄奄一息的惠芬。惠芬拼尽最后一口气控诉道："马班长，那些杀人不眨眼的畜生！"说完，便停止了呼吸。战士们见到惠芬和其他乡亲惨遭敌人杀害，心中涌起无限悲愤。这时，在狼牙山的老君堂，团长召开了作战会议。他通报了敌情之后说:"我们的战斗部署要针对敌人的计划来修订。我们一定要让敌人按照我们计划的时间上狼牙山,我们的主力要在明天天黑以前,跳出敌人的包围圈,到平汉线上去打击敌人。"

作战会议结束后,团长对正要走出屋门的七连刘连长说:"这一回就要看你们七连的啦,你们一定要把敌人粘在狼牙山上,你们的任务非常艰巨,相信你们能完成这个任务。"刘连长郑重地点点头。

日军一路奔来,却始终不见八路军主力的影子,高见很是纳闷。赵玉昆说:"这次,八路军无处可逃了,前面40里就是狼牙山的老君堂,八路军一团的指挥部一定在那儿!"高见若有所思地点点头,命令道:"马上轻装行军,一定要在今晚10点,攻占老君堂。"

敌人走了很久,还是没有找到老君堂,高见狠狠地把赵玉昆骂了一顿。赵玉昆有些慌,连忙表示一定把路找到。这时,一个士兵前来报告说前面有火光,赵玉昆下令把那里的老百姓抓来带路。

火光来自一个破庙,在庙里,张大爷和孙女小玲子正坐在火堆旁烧玉米棒。外面的风呼啸着,就像鬼子噬人的杀气。突然,几个鬼子和伪军破门而入,小玲子吓得扑在张大爷的怀里。

鬼子用枪逼着让张大爷带路去老君堂,张大爷冷冷地说:"我没去过。"

敌人用刺刀指向张大爷的胸部,威逼着。张大爷沉着地思考了片刻,终于答应带他们去。张大爷带着敌人,故意绕起了圈子。趁敌人不注意,张大爷让小玲子抄近路到老君堂向八路军报告,然后举起棍子,与敌人拼命。鬼子开了一枪,张大爷倒在了地上。

深夜,小玲子跑到老君堂,把敌情报告给了马宝玉。随后,团长安排小玲子随着乡亲们一起撤退。

刘连长跑来向团长报告:"敌人上来得很猛,一排已经跟敌人接上火了。"团长举起望远镜,看着前面激战的地方,回过头对刘连长说:"主力撤走以后,3 500多敌人就紧紧地抓住你们一个连了,你们一定要化整为零,用小股部队拖住敌人,一定要坚持到下午3点钟。"刘连长坚决地回答:"请首长放心!"

连指导员对六班的战士说:"一排的阵地在老君堂山下,从这儿到仙人桥,由你们负责。在下午3点钟以前,不能放敌人过仙人桥。咱们能不能把敌人粘在狼牙山上,是决定几万乡亲们能否平安地转移出去,决定团主力能否跳到平汉线上去打击敌人的关键。"

三

部队撤出老君堂之后不久,敌人就赶到了。一个伪军跑来报告:"队长,对面阎王鼻子山上,遇上八路军的主力,攻了三次,都没上去。"高见、赵玉昆当即率领鬼子、伪军奔出老君堂。

乡亲们已经撤退到铁箭岭,马宝玉率领六班战士跟在后面,来到了仙人桥。他们在桥下埋好了手榴弹,在一个可以控制桥的阵地埋伏下来。战士们刚占据有利地形,敌人就上来了。马宝玉让胡德林拉响手榴弹。只听"轰"的一声,走上桥的敌人被炸飞了。

马宝玉赶快率战士们离开了仙人桥,朝铁箭岭跑来。到了岔路口,马宝玉停住了,他看了一下"铁箭岭"三个字,陷入了沉思。胡德林指着左侧的路说:"班长,咱们团是从这边撤走的呀!"马宝玉说:"我知道!"

大家很疑惑,不知道班长又想做出什么决定。马宝玉坚定地说:"不能走!同志们,敌人就压在我们身后,走这条路,就会把群众和主力转移的方向暴露给敌人。我们必须把敌人吸引到棋盘陀上,坚守到天黑,再想法突围。"战士们齐声赞同。

马宝玉带着战士们朝右侧的路走去。为了制造部队主力从右边方向转移的假象,马宝玉让宋学义在右侧路口画了个路标。然后,五个战士往右侧方向的山上跑去。

敌人来到铁箭岭的岔道口,不知该往哪边走。赵玉昆指着铁箭岭的路标建议走这条路。高见说:"八路军诡计多端,这边走。"说完,带队往左边路上走去。这时,右侧方向传来机枪声,原来是五位战士为了吸引敌人而故意打的。

高见和赵玉昆连忙躲到一块巨石后面。顿时,高见像是明白了什么,说:"八路军的指挥部?"赵玉昆连声说是。高见当即下令冲上去,敌人朝右侧方向冲去。

战士们占据着有利地形,英勇地与敌人作战。在遭到猛烈阻击后,敌人只好暂停进攻。马宝玉趁机命令大家稍作休整。胡福才问胡德林:"胡德林,咱们打退敌人第几次进攻了?"胡德林回答说:"17次。"

这时,马宝玉、葛振林经过商议,认为宋学义、胡福才、胡德林在这次反扫荡中表现得很坚决、很勇敢,具备了入党的条件,一致同意介绍他们入党。随后,马宝玉、葛振林在介绍人一栏填上了自己的名字。

不久,敌人又上来了,战士们进入阵地,向敌人猛烈射击。敌军伤亡很大,但还是不断地蜂拥上来。高见命令副官呈报师团长:"八路军第一团已被我紧紧包围在狼牙山主峰棋盘陀上,我已发动多次猛攻,敌据有利地形,顽强抵抗,呈请师团长,速派飞机助战。"

敌人开始用山炮猛烈轰击棋盘陀,顿时阵地上浓烟滚滚。之后,敌军的飞机又来轰炸了。轰炸完,敌人再一次发起冲锋,已经冲到阵地跟前。五位战士冲出战壕,用刺刀和敌人拼命。敌人渐渐抵挡不住,狼狈地逃跑了。

马宝玉让战士们检查一下弹药,每个人都报了剩下的子弹和手榴弹数量。结果,全班只剩下两发子弹和一枚手榴弹。马宝玉严肃地对战士们说:"我们不能再往后撤了,在我们前面是三千多敌人,在我们身后是悬崖绝壁。同志们,我们不会被吓倒,在这狼牙山上,到处都是石头。"

于是，五位战士垒起了石头阵，打算在敌人来了之后，用石头做武器。这时，山下的伪军高声喊道："八路军兄弟们，你们已经弹尽粮绝了，赶快缴枪吧！"宋学义愤怒地说："缴枪，缴你个子弹头！"说着朝伪军打了一枪，伪军应声倒地。

敌人蜂拥着爬了上来，战士们搬起石头，朝敌人用力地砸去。敌人被砸得鬼哭狼嚎。宋学义举起石头又要抛出去时，左臂不幸被子弹击中。之后，为了保护葛振林，宋学义的胸部又中了一枪。

葛振林急忙上前扶住宋学义，这时大家发现了他的入党申请书。马宝玉激动地说："同志们，我和葛振林是共产党员，在这次战斗中，你们三个的表现也和党员一样。同志们，以后如果能找到我的尸首，你们将会发现我和葛振林介绍你们三人入党的介绍信！"

八路军第一团从狼牙山撤出后，已经按预定计划到达了平汉线。而此刻几千敌人却被我一个班的战士牢牢地粘在狼牙山上。高见见状，愤怒到了极点："小小的棋盘陀，攻了无数次，死了几百人，还是攻不上去……"

这时，敌师团长打来电话说平汉线发现八路军主力，命令高见立即从狼牙山撤退。但高见摔了话筒，执意不退，还歇斯底里地大喊："我一定要攻上山去，看看山上到底是什么人！"

现在，六班战士们的子弹打光了。马宝玉命令战士们把枪砸碎，扔下悬崖："这枪是我们从敌人手中夺来的，决不能留给敌人！"

大家拿着枪，高高举起，向岩石上砸去。这时，胡福才从挎包里摸出最后一枚手榴弹。马宝玉把手榴弹拿过来握在手里，突然，他拉开手榴弹，抛向蜂拥而至的敌人，手榴弹在敌群中炸开了花。

为了不当敌人的俘虏，五位战士决定跳崖。到了悬崖边上，马宝玉毅然高呼着："亲爱的同志们，永别了！共产党万岁！"说完，马宝玉纵身一跳，壮烈地牺牲了。接着，战士们一个个振臂高呼着："打倒日本帝国主义！共产党万岁！"毅然跳下崖去。

英勇抗击日伪军的五壮士，用生命和鲜血谱写出气吞山河的壮丽诗篇。他们视死如归的英雄气概，崇高的爱国主义精神、革命英雄主义精神和坚贞不屈的民族气节，激励着千百万的抗日军民奋勇向前。

影评选粹

艺术地真实再现

这是一部非常感人的爱国主义教育影片，它注重于把人物塑造得更鲜活，更真实，把故事更真实地展现在人们的面前。这部影片真实而鲜活地再现了当时的战斗情景，歌颂了五壮士誓与日寇血战到底的英雄气概和强烈的爱国主义献身精神。

影片没有很唯美的场景，因为它是在实地实景的情况下拍摄的，没有人工的改造，只有真实的再现，让人有一

种身临其境的感觉。通过这种粗糙的环境，把人物的精神衬托得淋漓尽致，艺术地再现了当年人民英雄同敌人决战的真实情况。

虽然影片在拍摄技巧和表现手法上显得比较粗糙，但是它的题材意义重大，事迹感人，所以在广大观众中产生了巨大影响，为弘扬中华民族宁死不屈的英雄精神，真实地记录战争年代在敌后抗日根据地里一个气壮山河的英雄故事，增添了光辉的一笔。

精彩回放

这部影片显示了中华儿女不可辱，誓与日寇血战到底的英雄气概。影片中五壮士的英雄形象之所以生动感人，深深地烙在观众心中，与编导善于选择典型事例，充分调动电影直观视野是分不开的。

起初五壮士利用有利山势，面对大批敌人的进攻，丝毫没有胆怯，沉着应战。当他们一步步撤到悬崖绝壁无路可退时，便是对他们的一场生死考验。敌人在重火力的掩护下，很快冲上了顶峰。马宝玉命令大家把枪砸碎，扔下悬崖："这枪是我们从敌人手中夺来的，决不能留给敌人！"五壮士围在马宝玉身边，拉响了最后一枚手榴弹……此时，敌人已到眼前，马宝玉将手榴弹扔向了敌群。马宝玉和他的战友们高呼："打倒日本帝国主义！共产党万岁！"一个接着一个跳下了悬崖……

51号兵站

正面人物完全处于反面环境中,他们单枪匹马作战,随时可能暴露,是真正的孤胆英雄叙事模型。

——《新中国电影史》

影片档案

出品:海燕电影制片厂
编剧:张渭清 梁 心 刘 泉
导演:刘 琼
主演:梁波罗 张 翼 高 博

荣誉成就

《51号兵站》作为一部惊险样式的影片，虽拍摄于20世纪60年代，但在中国电影史上堪称经典之作，为拍摄惊险影片提供了较好的借鉴。

影片史料

兵站是军队沿交通线设置的后勤保障机构，分为基地兵站和野战兵站。兵站编有指挥和保障机构，主要负责战役物资的储备、中转、补给和管理，伤病员的救治和后转，后方交通道路的维护和管理，兵站配置地域防卫等。平时设在军事交通线上，为过往部队提供食宿的机构和负责转运出入境军用物资的机构，也称兵站。

剧情故事

一

1943年的一个夜晚，在上海爱多亚路的立安大楼，有一间挂着"振兴企业公司"版匾的写字间。在灯光的映照下，几个忙碌的身影在玻璃窗上不停地来回晃动着，其间不断传出一个年轻女子打电话的声音："……噢，我们马上转移……"就在这时，传来一阵急促的敲门声，外面的人大喊着："开门！开门！"

女子没有理会，继续对着电话机说："老高，你快走吧！敌人把这里包围了……请放心，我……"还未说完，房门"咣"的一声被砸开了，一伙持枪的日本宪兵和几个穿便衣的特务闯了进来。女子愤怒地看着其中一人，高声骂道："叛徒！"接着她又拿起电话，"程路是叛徒！老高，你听清楚没有？"没等到电话另一头回应，"砰

"砰"两声枪响,女子倒在了血泊之中。

就这样,苏中地区新四军在上海的唯一的一个地下兵站,因叛徒告密,遭到日军的严重破坏。所幸的是,存放在南码头的物资在工人的帮助下,得以及时转移,免遭劫难。

地下兵站的老高及时与上海地下党员老杨秘密取得联络。经过一番商讨,二人决定将兵站的工作继续下去。于是,老杨便立马请示市委,与部队取得联系。

中佐情报处长龟田得知地下兵站已被转移,并且物资也下落不明时,气急败坏地下命令将全城进行封锁。在戒备森严的日本驻上海的警备司令部,龟田召集了情报人员和伪军官,进行秘密会议。会议上,全场鸦雀无声。龟田看完情报,扫视完全场后,把目光落在了情报科长马浮根身上。

"马科长,共军兵站你查到没有?"

马浮根连忙站起身来,回答道:"报告处长,根据我的分析,共军兵站可能撤走了,因为兵站姓程的已经效劳皇军……"

"可是兵站的物资呢?"

马浮根无言以对。龟田又转向吴淞巡防团长黄元龙,用他别扭的中文问道:"黄团长,你的知道?"

黄元龙站起立正:"处长,我已经把吴淞封锁得水泄不通。第二步我还要……"

没等黄元龙把话说完,龟田脸色铁青地站起来,"共产党要把上海变成共军的后方兵站,这不行的!上海的物资,皇军大东亚战争大大的需要。共军兵站我们虽然抓到了一个姓程的,但是收获的不大,物资和人都不见了。我的估计,他们可能还要派人出来活动的。

皇军司令命令要快快地消灭兵站,物资一点不能被他们运走!"接着龟田态度缓和了一下,对黄元龙说,"黄团长,吴淞非常的重要,你的责任大大的!"

新四军司令员和政委经过认真协商,终于达成共识。为了突破吴淞口的封锁,将大批军用物资运出来,同时又考虑到保护上海地下党组织,决定派海防团大队长梁洪去加强兵站,把物资从敌人的虎口里运出来。最后,组织决定让梁洪以上海青帮老大范金生的门徒"小老大"的身份去找黄元龙做生意,以掩护身份,便于活动。

不久,老杨便来到吴淞镇,与黄元龙的大丰渔行的账房——上海地下党员老宋进行了秘密会谈。他俩来到渔行的楼上,老杨小声地告诉老宋:"市委已经决定,兵站的任务由我们负责完成。为了更快地打开伪巡防团这个缺口,部队首长特地派了一位叫梁洪的同志来和我们一起工作。梁洪同志快要来了,他来了以后,你马上和他接上关系。"

老宋兴奋地点点头。老杨将他与梁洪的接头暗语告知了老宋。一场斗智斗勇的潜伏行动即将展开。

二

在情报处憋了一肚子气的黄元龙,为寻求发泄,气急败坏地把几个被新四军释放回来的伪军士兵吊起来狠狠揍了一顿。此时已是黑夜,在吴淞镇郊的江边,船工葛老大的家里,聚集着四五个被黄元龙毒打过的士兵,他们正一起诉着苦。

头上包着绷带的葛海生边给一个受了重伤的士兵擦药,边说:"看给打成什么样子了!"

受重伤的士兵愤愤地说:"早知道回来受这份罪,说什么也不回来了!"

另一个士兵也愤愤地同意说:"我真后悔,当时就该加入新四军。"

一个谨慎的士兵提醒道:"小声点。"

此时,叛徒程路已悄悄地来到窗外,静静地窥听着。

屋里继续说道:"新四军是好,把我们当人看待。"

"人家才是为国为民呢,可是我们还拿枪去打人家。"

葛海生压低声音说:"咱们带着枪,投新四军去!"

一个谨慎的士兵说:"怎么去法还得好好商量商量……"

这时,葛老大从里屋走了出来,发现了正趴在窗口偷听的程路,便立即叫来几个士兵,悄悄地来到程路身后,程路还没反应过来,一铁棍已重重地打了下来,程路被打死了。

马浮根得知程路被打死后,慌忙向龟田报告:"处长,处长,姓程的被搞死了,死尸漂在吴淞口!"并说此案可能与黄元龙的部下有关系。龟田听了之后,命令他立即去调查此事,并说:"吴淞肯定有共产党活动!"

由于日军情报处最近查得紧,梁洪一到上海便被黄元龙安排住进了大东旅社。在旅社的208号房间里,梁洪正来回踱着步,考虑如何尽快与组织取得联系。日军情报处处长龟田感觉到黄元龙的这个"小老大"有问题,于是派马浮根暗中调查。此时,特务已来到这里,盯上了梁洪。偏巧,老宋也在这个时候赶了过来。梁洪见情势不妙,为了引开特务,保证接线同志的安全,便在自己房门前大喊:"茶房!茶房!"茶房闻声走了过来,梁洪对他说:"我到吴淞巡防团去了。"说完便下楼走了。

梁洪刚走,老宋便看见从208室对门出来一个特务,追盯着梁洪而去。

在伪巡防团,梁洪通过巧妙使用激将法受到黄元龙的热情接待。晚上,黄元龙在鸿运酒楼为梁洪请客拉场子。在梁洪的建议下,黄元龙把马浮根也请了过来。在酒席上,马浮根不断地对梁洪进行语言试探,企图获取梁洪的真实身份。

梁洪随机应变，对马浮根提出的问题对答如流。

马浮根咄咄逼人，又转换角度进一步盘问道："'小老大'是范金生老太爷的得意门生，家学渊博，所以兄弟还要请教'小老大'，家门'三老四少'是——"

没等马浮根把话讲完，对面桌上一位穿香港衫的老板插进嘴来："原来范大哥的'小老大'也在上海，好极啦！"

梁洪见马浮根正纠缠不清，又半路杀出个程咬金，更加警惕，但态度仍然十分从容："请教这位老板是——"

穿香港衫的老板摸出一张名片给梁洪："我是你家老太爷在武汉时候的换帖弟兄，鄙姓吴。"他接着问："你家黄老大呢？"

黄元龙听说是师傅的换帖弟兄，忙上前应酬说："鄙人失敬。"

"哪里话！"吴老板说，"你家老太爷上个月给我写了封信，要我这次来上海做生意时看看你们。"

马浮根在一旁打量着吴老板。吴老板又指着上校和穿西装的，向大家介绍说："这是南京国府的李局长，这是皇军宪兵总部的赵处长，都是安庆弟兄。"

李局长、赵处长和黄元龙、梁洪等一一握手。马浮根见难不住梁洪，半天也没有盘问出个名堂来，便想从黄元龙这边设计试探，但也都被梁洪巧妙化解。马浮根见梁洪答得头头是道，又有信件和吴老板等人的旁证，也就不再多问，为自己打圆场说："'小老大'不必多心，我刚才的话是随口而出，不要见怪。"

虽然马浮根相信了梁洪是帮会的"小老大"，但还是怀疑他这次来上海的目的。他正琢磨如何进行下一步试探时，却被梁洪等人举过来的酒杯打乱了思绪。很快，马浮根便喝得一塌糊涂，试探的事情也被抛在了脑后。

其实，为梁洪解围的吴老板就是组织派来的上海地下党员吴明，这次，他是被老杨派来接应梁洪的。他通过暗语与梁洪成功接应。

梁洪高兴地握住吴明的双手，深深地感到党的力量真是无比雄厚，对自己的关怀也是无微不至，心里又感激又高兴。

三

在吴明的带引下，梁洪来到一间车铺小屋。在这里，他终于见到了老杨。梁洪激动地握着老杨的手，说："老杨同志，终于见到你啦！"

老杨告诉梁洪现在党组织不但恢复了51号兵站，还新建立了一个地下兵工厂。梁洪听了异常惊喜。之后，老杨向梁洪布置了新的任务："梁洪同志，你下一步的主要任务是做好巡防团的工作，在基本群众中扎下根。组织上决定派黄元龙的账房老宋同志协助你，那里的情况他会向你介绍的。"

"好！"梁洪问老杨，"那造迫击炮的无缝钢管和物资怎么办？"

"吴明同志在赶办。"

梁洪问吴明："能不能快一点？"

"可以。"

不久，吴明来到北京路一家四开间的永大五金号，购买王老板的无缝钢管。王老板想用黑铁管冒充无缝钢管。但吴明在这方面是内行，他见这老板老奸巨猾，就幽默地揭穿他说："王老板，这到底是无缝钢管还是黑铁管？"王老板见自己的花招被吴明揭穿，便将责任推给学徒，装模作样地训斥学徒："笨货，白吃了三年干饭，连无缝钢管和黑铁管都分不清，乱七八糟堆在一道。"最后，吴明把置办好的无缝钢管暂时寄存在这里。

阴险狡猾的龟田见马浮根对付不了"小老大"，便决定亲自出马。最后，他想出了一条妙计：他提升黄元龙为巡防副司令，撤走了吴淞情报组，并命令山本关长把黄元龙和大丰渔行监视起来。

龟田企图通过梁洪与黄元龙的关系，使用欲擒故纵的方法来引诱梁洪活动，使他尽快暴露身份，落入自己布置的天罗地网中。令他万万没有想到的是，他的诡计很快便被上海地下党识破。为此，兵站负责人员商议如何进行下一步。

吴明首先说："这几天敌人在市里搜查得特别紧，我们大批物资老是放在市里不太好，我的意见，是不是趁敌人在吴淞力量减弱的时候突出去，现在利用黄元龙也比较有利。"

"不行。"老宋不同意，他说，"俗话说：'咬人的狗暗下口。'如果敌人设了什么圈套，我们就要吃大亏哩！"

梁洪插上说："我同意走。被动地等待下去不是个办法，至于怎么走，可以研究一下。"

"是的，和敌人打仗就是得争取主动。"老杨引导说，"我们要争取主动，首先要不把敌人放在话下，同时也要对敌人了如指掌，这样才能使敌人完全听我们摆布。"

老宋表示同意："对！大家快想想，下一步棋该怎么走！"

接着，几个人开始商讨接下来的任务计划。

晋升为巡防副司令的黄元龙，掌握着吴淞口的大权。黄元龙可不是省油的灯，他决定过两天出口些有油水的货色，好大赚几笔。梁洪决定将计就计，将自己的货同黄元龙的一道运走。

在吴淞海关办公室里，龟田、马浮根在窗前用望远镜看着大丰渔行码头。此时梁洪的货已装上船，梁洪在朱副官、葛海生的陪同下正向船上走去。马浮根放下望远镜，恍然大悟地对龟田说："原来处长在此设下了一计啊！"忽然他又不解地问，"既然处长在这里张了大网，为什么还叫我在市内搜查呢？"

龟田微微一笑说："你不在市里轰一轰，难道他们会这样快入网？"

这时，山本进屋向龟田报告："处长，人货统统上船了。"

"处长，我们下手吧！"马浮根沉不住气了。

"沉住气，等船离开码头。我要他们连货带人一个也跑不了！"

龟田恶狠狠地说。

"妙计!"马浮根佩服地点头赞道。

梁洪的货船在巡防团巡艇的护送下,徐徐向吴淞口外行驶。忽然,葛海生发现后面有巡艇追赶,紧张地告诉梁洪:"鬼子的巡逻艇!"梁洪回头一看,一艘鬼子的巡艇昂着头,急速而来。

很快,鬼子的巡艇便追了上来。"停船!"一情报员发出命令。梁洪被迫无奈,把货船停靠码头。其实,马浮根早已在这儿等候了。此时,在海关办公室里,龟田正得意地看着这一切。

在码头上,匆忙赶来的黄元龙看到这种形势,呆住了。马浮根见黄元龙到了,冷冷一笑,说:"黄副司令。"

黄元龙赔笑地迎上去说:"马科长,这是'小老大'的生意船,别误会。"

"生意船,你敢担保?"

黄元龙被马浮根这么一问,愣了一下。他马上问梁洪:"你究竟装的什么货?"

"大哥,咱们合伙办的货呀,这有什么好怀疑的?"

马浮根哪里会信,下令说:"查!"

情报员和特务一直翻到船底,也没有翻出他们要找的物资,船上都是毛巾、牙刷、布匹、桐油、麻丝之类的普通商品物资。这让黄元龙大为恼火。尽管马浮根连连道歉也无济于事。最终,黄元龙与马浮根彻底撕破了脸。

四

气急败坏的龟田正在屋内来回踱着步,不知如何是好。偏偏这个时候,司令打来电话询问案情的侦破情况。

龟田神色紧张地接过电话:"还……还没有查到……"

突然他"啪"的一个立正,电话筒里严厉的声音清晰地传了出来:

"共军反清乡大大地厉害,我命令你,兵站立刻查到,炮要是运了出去,我拿你是问!"

"是,是!"龟田放下电话机,慌忙命令马浮根带人再去搜查工厂、仓库。

很快,吴明寄存在永大五金号的无缝钢管便被特务查到,龟田得知后,立马命令王情报员和小特务:"秘密看住它,我要连钢管带人一起抓!"

吴明得知这个情况后,立即向组织报告并一起商议解决办法。梁洪考虑到买钢管的钱来之不易,再加上苏中正在进行反清乡斗争,急需这批物资。于是,他决定无论如何也要把钢管从敌人的虎口中运出去。同志们对此也都纷纷赞成。

在这期间,梁洪成功争取到了朱副官和葛海生的几个弟兄,对出口军用物资起到了很大的作用。

一天黄昏,一辆黑色小轿车和一辆大卡车在永大五金号门口停了下来。化了装的梁洪和小孙领着十几名搬运工人冲进了门。假扮国民政府特派员的梁洪派头十足,一进门便用拐杖一挥,喊道:"搬!"工人们连忙把无缝钢管往卡车上搬。一旁的王情报员一下子被震慑住了,连忙点头哈腰。但王情报员还是不放心,梁洪随机应变,将他稳住。待无缝钢管已全部搬上卡车时,突然,一辆军用卡车在门口紧急刹住,由吴明假扮的日本军官带着一群日本宪兵冲了进来,二话不说,下令将他们全部押上车,连同无缝钢管全部带走。

这时,被蒙在鼓里的马浮根自作聪明地走到龟田面前吹捧着说:"皇军的行动真快啊!连人带钢管全部落网了——处长,您真英明啊!"

龟田被马浮根这么一捧,先是得意地笑笑,然后脸色忽然一变,问马浮根:"抓的人呐?"

马浮根听龟田这么问,也糊涂了,"在宪兵队……"

龟田眼睛一转,急忙抓起电话打给宪兵队询问。谁知,宪兵队说他们并没有抓到地下党员,也没有取走无缝钢管。龟田心知中了计,气急败坏地把电话"啪"的一摔,对马浮根吼道:"人呢?钢管呢?"

马浮根感到问题的严重性,忙低下头认错。过了一会儿,他像是想到了什么,拿起帽子,走了出去。

另一方面,梁洪把满载钢管的卡车直接开到了吴淞伪巡防团团部,并在朱副官等人的帮助下,把所有的无缝钢管都搬上了巡逻艇。黄元龙得知这个情况后,断定梁洪是共产党,便命令将梁洪抓起来。可是,朱副官与士兵们都拒绝从命。黄元龙立刻慌了手脚。

最终,在梁洪等人的极力说服下,黄元龙被成功争取,答应上巡逻艇护送梁洪的物资出吴淞口。就在这时,马浮根带着特务来了。梁洪和黄元龙俩人随机应变,一唱一和。马浮根见势不妙,想趁机溜走,被葛海生击毙。

最后,梁洪与黄元龙告别。梁洪见黄元龙像是放下了千斤重担似的,想要再逗弄一下这位"大哥",笑着问道:"黄副司令,我们今后——"

黄元龙一听马上打起精神,保证道:"那还用说!只要做得漂亮,一定效劳!"

"好,那我们后会有期!"

黄元龙转身对朱副官吩咐道:"朱副官,上巡逻艇,护送'小老大'出口。"

辽阔无边的大海,白浪滔滔。蔚蓝的天空,白云朵朵。梁洪昂首屹立在船头,胜利地眺望着远方。巡逻艇飞速向前,向前。

影评选粹

扣人心弦・喜剧色彩

这是一部具有代表性的惊险样式的革命斗争题材故事片,描写了抗日战争时期，新四军设在上海的地下兵站站长梁洪打入敌人内部，与日寇、特务进行斗争的故事。

影片再现了共产党地下工作者深入敌人心脏斗争的精彩过程。成功塑造了一个意志坚定、临危不惧的共产党员形象。当年这部影片放映之后，"小老大"机敏的形象立刻得到广大观众的喜爱，"小老大"也成为睿智、聪慧的代名词。

该影片情节曲折复杂，矛盾冲突跌宕起伏，并巧妙设置了三个悬念，让观众自始至终都沉浸在影片所营造的紧张氛围中，直到结尾，观众才如释重负。

影片强调对英雄人物正面形象的塑造，以革命浪漫主义回避对战争苦难的描写，并且添加了浓重的喜剧色彩，进而从严峻而残酷的斗争中表现出了人民的智慧，与愚蠢、残暴的敌人形成了鲜明的对比。

精彩回放

影片巧妙地添加了喜剧元素，诙谐生动地表现出中共地下党员机智勇敢，在险恶的境遇中能够随机应变，力挽狂澜，同时从侧面反映出敌人的阴险狡猾的丑恶嘴脸。

当吴明寄存在永大五金号的无缝钢管被特务查到而受到监视时，为了尽快把这批紧急物资运到苏中地区，梁洪当机立断，决定深入虎穴，把钢管从敌人的虎口中运出去。于是，影片中便出现了极具喜剧色彩的一幕：派头十足的假扮国民政府特派员的梁洪与吴明假扮的日本军官一唱一和，把王情报员弄得一惊一乍，连连点头哈腰，最终成功地把无缝钢管运了出去。

回民支队

马本斋同志不死!
——毛泽东亲自为马本斋撰写的挽联

影片档案

出品：八一电影制片厂
编剧：李 俊　马 融　冯一夫
导演：冯一夫　李 俊
主演：里 坡　贾 六　胡 朋

荣誉成就

《回民支队》是老八路李俊执导的第一部故事片,上映后引起热烈反响,"马本斋"的英雄形象更是深入人心。这部影片荣获1994年国家民委少数民族"腾龙奖"纪念奖。

影片史料

七七事变后,日军实行速战速决的战略方针,迅速南下,大举进攻中国。1937年9月上旬和10月下旬,保定和石家庄相继失陷,冀中地区沦为敌后。至12月,河北抗日民军,晋察冀抗日义勇军第五支队、第八支队和人民自卫团等冀中抗日游击武装相继建立。1938年4月21日至5月初,中共冀中省委在安平召开第一次代表大会。会议决定将人民自卫军和河北游击军合编为八路军第三纵队。其中回民教导总队,总队长马本斋,副总队长马仲三,参谋长冯克,政治主任丁铁石。

人 物

马本斋(1902—1944年),河北献县人,原名守清,回族。早年投身奉军,后入东北讲武堂学习。毕业后在东北军由排长逐级升至团长。1931年九一八事变爆发后,因不满蒋介石的不抵抗政策,毅然弃官还乡。全国抗日战争爆发后,在家乡组织回民义勇军,抗击日本侵略军。1938年他率部参加八路军,将部改编为冀中军区回民教导总队,任总队长,同年加入中国共产党。

1944年2月7日在山东省莘县病逝。

剧情故事

一

　　1937年7月7日夜，日本鬼子在北平西南的宛平县城向中国驻军开火，中国守军予以还击，这就是震惊中外的卢沟桥事变。这是日本帝国主义预谋已久的对中国全面进攻的开始，也是中国抗日战争的序幕。卢沟桥事变后，日本鬼子迅速南下，大举向中国内地疯狂进攻。

　　1938年，在冀中平原地区，丧心病狂的日本鬼子开始疯狂地烧杀抢掠。一天，日寇扫荡了马本斋的家乡。一时间，村子里到处是燃烧的房屋，到处是断壁残垣。老人和妇女们绝望地看着自家的房子化为灰烬，心中是道不尽的无助和悲哀。回族青年马本斋看着被日本鬼子洗劫过的村庄，怒火在他的心中燃烧。他决心组织一批不怕死的年轻人跟鬼子战斗，消灭这帮吃人的豺狼。

　　马本斋径直走进清真寺，来到高台上，面对着台下的同胞们，激愤地说："乡亲们，日本鬼子把刺刀往我们胸口上扎，烧了房子，杀了人，就连这清真寺他也要放一把火。大家这样抬举我马本斋，我就是死了，也要把这口气争回来，也要让他们知道知道，咱们不是孬种。"

　　"你这一说，我这副大队长也不能白干，"白守仁把枪往前一举，接着说，"乡亲们，只要是打日本，给乡亲们报仇，缺啥找我。顶多我卖它二百亩地，啥都有啦！"他显得也很真诚、激愤。

　　"乡亲们，要打日本报仇的，到这边领家伙。"马本斋话音刚落，大家都涌上前来，拿上了武器。李老汉把儿子李茂才也拉进了队伍。马本斋用手在李茂才肩上用力一拍，大声说："太好啦！"说着，递给李茂才一把大刀。

终于,马本斋的"回民抗日义勇队"宣布正式成立。白守仁把自己的驳壳枪递给了马本斋,说:"大哥您放心,这是您当团长,兄弟当营长时候的一点儿赚头。以后谁要不服从您的命令,就当点心喂它!"

为时刻准备同鬼子决战,保卫自己的家乡,马本斋抓紧时间组织战士们修缮工事。此时,回民抗日义勇队的战士们正在村外忙着挖战壕、修工事。马本斋提着鞭子,沿着工事边走边查看。忽然,他在一个地堡前停了下来,手往地堡上一捅,两块砖就掉了下来,又用脚一踹,"哗啦"一声,地堡倒了。马本斋生气地说:"就凭这个,你们还想挡日本人,这还没人家鸡窝结实呢!"接着,他来到一班长白富贵跟前,用鞭子指着他的鼻子说:"明天不把工事修好,日本人一来,我就把你拖出去挡枪子儿!"白富贵心虚地看着马本斋,不敢说话。

这时,白文冠正好来找儿子马本斋,看到此情景后,生气地说:"你又打人了,把鞭子给我!""娘!"马本斋不好意思地喊了一声,随即顺从地交出了鞭子。白文冠停了一下,又不无深情地说:"成天就跟个野人一样,连顿饭也不知道回家去吃!"白文冠边说边往回走,马本斋赶紧追了过去,搀扶着母亲往家走去。

很快,马本斋派韩福顺侦察到鬼子的一辆军用卡车将在第二天上午准时从河间城开往沧州城,车上装着武器弹药等军用物资。经过进一步侦察,他们摸清了这辆军用卡车的必经路线,决定提前设好埋伏,消灭鬼子,夺取自己所需要的枪支弹药。

天刚拂晓,回民抗日义勇队的战士们已在公路旁的小树丛中埋伏好了。李茂才手提大刀,轻轻地来到马本斋身旁,说:"大队长……"他一句话还没说完,就被马本斋一把摁在地上。"别动!"

当卡车开进埋伏区时,马本斋高喊了一声:"打!"顿时,火枪、土炮一齐向鬼子的卡车猛烈开火。可是卡车还是穿过枪林弹雨继续向前开去。马本斋一看没打中敌人的卡车，喊道："追啊！"义勇军队员们如同下山的猛虎，冲出树林，拼命地向卡车追去。马本斋望着逃跑的军车，心急如焚，他把手枪往腰中一别，伸手拿过李茂才手中的大刀，"咔咔"两下，砍断马缰绳，纵身跨上马背，双腿一夹，枣红马就蹿了出去。

马本斋整个身子都贴在马背上。忽然，他身子向前一挺，手一甩，只听"轰"的一声，一枚手榴弹在汽车前方爆炸了。司机的身子歪在了窗外，敌人慌忙跳下车逃命。马本斋和回民抗日义勇队的战士们赶到卡车四周，包围了敌人。

鬼子被消灭后，战士们都拥上卡车为自己抢东西。马本斋看到这种情形，极为生气，骂着："你们都是土匪！"他一步跳到车帮上，大声说："谁也不准乱抢，拿回去大伙儿分！"

回民抗日义勇队伏击鬼子军用卡车的胜利，给了驻河间城的日本联队长山本当头一棒。他决定带领伪军汉奸部队，对马本斋来个围剿。乘马本斋羽翼未丰之际，将他彻底铲除。

几天后，敌人趁义勇队没防备的时候，悄悄地包围了村庄。刹那间，炮弹在村中到处开花，仿若山崩地裂，爆炸声震耳欲聋。义勇队被这猛烈的炮火轰昏了头，不少人纷纷往后退。马本斋急了，站在房顶上大喊："站住，站住！"村外，金副官讨好地对日本指挥官山本说："联队长，马本斋这下可叫皇军'米西米西'的了！"山本得意地撇撇嘴。

就在马本斋往前冲的时候，白守仁慌慌张张地跑来报告："大队长，大队长，顶不住了！"马本斋跑到房檐下躬身喊道："赶快带二中队向村西冲！"马本斋和义勇队队员对冲上来的敌人予以猛烈射击，前面的敌人倒下了，后面的敌人又以成倍的兵力往上冲。很快，义勇队的弹药没了，他们决定与敌人决一死战。

正在这时，村外枪声四起，杀声震天。敌人全都掉头跑了。马本斋正在纳闷，忽然传来一阵冲锋号声。马本斋兴奋地喊："八路军！"一股激情顿时在他的心中升腾。帮助解围的八路军郭团长看见马本斋的队伍出来了，非常高兴，他高声喊道："义勇军的同志们，赶快追啊！追上去就是胜利！"他的话音刚落，突然身子一震，一颗子弹打中了他的手臂。

警卫员小刘和几个村民用担架抬着郭团长往后撤。李茂才向郭团长表示要参加八路军，可是被拒绝了。李茂才感到不可理解，一边走一边说："这真奇怪，人家一天到晚招兵都招不到。可是你们送上门的兵又不要！"

二

秋去冬来，义勇队的供给越来越困难了。马本斋召开了干部大会，大家对义勇队今后该怎么办争论不休。马本斋低头看到写给郭团长的信，想起义勇队陷入绝境时，八路军替他们解围。最后，他攥紧拳头往桌上一捶："投八路军去，不愿干的请便！"

1938年2月，回民抗日义勇队加入了八路军的伟大行列，在党组织的帮助下，成立了八路军回民支队，马本斋任司令，白守仁任大队长。军区把八路军的郭团长派到回民支队里担任政委。

白守仁自从参加了八路军后，觉得处处受管制，远没有过去那样随便了，所以他很不高兴。加上军区派来的那个郭政委，不让他随便骂人和打人，经常为此批评他，不给他面子，他更觉得这个郭政委处处与自己过不去。所以，他一直想找机会劝说马本斋把队伍拉出去，脱离八路军。他对马本斋说："大哥，你这个人啊，就是心眼儿太实在，还是常言说得好哇，害人之心不可有，防人之心不可无。你说那个郭政委，他一天到晚老是在底下转悠，是什么意思？他到底想干什么呢？"让白守仁这么一说，马本斋心里也开始有些不踏实了。

一天，白守仁又来挑拨马本斋与郭政委的关系。他一进屋，就气愤地对马本斋说郭政委的坏话："昨天跟我发了一通脾气，今天又找我谈话，说没有他的政治工作，队伍非垮倒不可。""垮？不信把队伍给你训练出来看看！"马本斋被白守仁的话激怒了。

尽管马本斋在心里不服气郭政委，但觉得他的话还是很有道理的。在郭政委的推荐下，马本斋开始认真研读毛主席的《论持久战》，并把学到的东西运用到了实际作战中。他带领战士们打游击战、埋伏战，炸断桥梁，炸毁公路，缴获鬼子的武器和粮食，偷袭鬼子的据点，切断鬼子的电话线，使鬼子无法与外界联系，成了"瓮中之鳖"。

山本被马本斋搞得焦头烂额，手里拿着香烟在屋里走来走去，活像热锅上的蚂蚁，急得团团转，又一筹莫展。这时，金副官回来了。他进屋摘下帽子，轻手轻脚地走到山本跟前，鞠了一躬，毕恭毕敬地说："报告联队长，哈少福来了。"哈少福是马本斋的表弟，他不务正业，吃喝嫖赌，贪生怕死，当了汉奸。在得到应允后，哈少福点头哈腰地进入了山本的办公室，三人开始密谋如何对付八路军的回民支队和马本斋。

一天晚上，白守仁看了管账先生送来的信，气得一掌拍在桌子上："造反了，这帮穷鬼！谁是村里当头的？""李茂才他老子。"白守仁喊了起来："回去告诉他，地不租了，我要自己种。"管账先生忙说："不行啊，人家上面有规定，说什么'永佃权'。""可恶，有撑腰的！"白守仁恨恨地说。

说到这儿，管账先生开始鬼鬼祟祟地四下张望。白守仁明白了，这里面肯定还有事儿，于是领着管账先生一起来到了里屋。管账先生小心地从身上拿出一张小字条儿，递给了白守仁，然后小声说："哈少福又来信了。"白守仁借着灯光看完了信说："这小子也太性急了！"管账先生提醒说："这可是火烧眉毛啊！"白守仁说："好吧，一不做，二不休，你先回去。""是不是马上……"管账先生小心地问。"哼，那就看姓马的够不够朋友了。"白守仁发狠道。

随后，白守仁找到马本斋，把信给他看，并说明了情况。马本斋把信往旁边一推，说："就是再减些你也吃不完，何必着那么大的急？"白守仁拿起信不满地说："哼，你倒和共产党穿一条裤子啦！事情没有轮到你头上。轮到你头上，你把天都翻了！"马本斋严肃地说："轮到我头上，我认啦！"

气急败坏的白守仁派人把李老汉抓来，进行严刑拷打。打手把李老汉打晕了，又舀了一瓢水泼在李老汉的脸上。白守仁见李老汉醒过来了，便恶狠狠地说："你减我一斗租子，我就扒你一层皮。让你看看是鞭子厉害，还是你厉害！"李老汉支持不住，又昏了过去。白守仁命令打手将他拖出去。醒过来的李老汉冲着白守仁愤怒地说："打死我，租子利息照样减！"

白守仁在这个时候已经彻底疯狂了，他下定决心要把队伍拉走，投降日本鬼子。他先派人把韩福顺关进了禁闭室，然后谎称有紧急军事行动，急忙集合队伍，带着队伍趁着夜色出发了。

天一亮，马本斋从司令部出来，发现卫兵不见了，朝天放了一枪。韩福顺听到枪声，使出全身的力气踹破大门，冲出禁闭室，飞快地跑到马本斋跟前，上气不接下气地说："司令员，司令员！""怎么啦？"马本斋问。"白大队长把我关起来，他把队伍拉走了！"韩福顺说。

马本斋一听，立即和警卫员马大壮骑马追了过去。很快，马本斋就追上了队伍。在他的教导下，战士们醒悟了。一个战士气愤地朝白守仁说："哼，你说人话不做人事，叫我们紧急集合去执行任务，原来是把我们骗出来，去反对共产党，反对减租减息。同志们，他说的话都听见了吧，大家说该怎么办？""打死他！"大家激愤地喊起来。

白守仁看战士们都不跟他走了,恼羞成怒,骂了一句:"混蛋!"一拉马缰绳,自己跑了。马本斋对天打了一枪,喊道:"站住!"白守仁回头看了看,哼了一声不理会,冲着马屁股就是一鞭,马狂奔了起来。

马本斋举枪瞄准,一枪把白守仁打下了马。然后向战士们一挥手:"同志们,要打日本的全给我回去!"说完一夹马,箭也似的往回跑去,战士们像洪水一般跟在后面。

村里,三班战士把李老汉抬回村后,顾不上休息,立即召集大伙到清真寺大院召开减租减息大会。李老汉忍着伤痛对大家说:"只要白守仁把我们打不死,租子、利息就得照样减,穷人就得有饭吃。"这时,马本斋过来了,向大伙宣布已经把白守仁崩了,大伙听了都欢呼雀跃起来。随后,马本斋高声问大家:"大家说,是减租减息重要?还是打日本重要?"一个胆大的战士站起来说:"打日本重要,可是肚子里没食儿,就拿不起枪杆啊!"说完就走了,有几个人也跟着走了。

马本斋看着战士们一个个都走了,心里很痛苦。白文冠走了过来,又心疼又埋怨地说:"本斋,你赶快给我回去!你看会都让你搅散了。"李老汉也过来说:"马司令,这不能怪乡亲们哪。唉!饱汉子不知道饿汉子的饥呀!"

三

自从白守仁被马本斋打死后,一班长白富贵就感觉在八路军里待不下去了。他一直想投靠山本。这次看到马本斋众叛亲离,觉得时机到了,他赶紧将情况告诉了金副官。金副官赶紧把白富贵透露的情报报告给山本联队长。山木听了后,感到消灭马本斋的机会来了,他命令道:"马上出击!"于是,鬼子汉奸们倾巢而出,直奔赵家庄。

马本斋回到司令部,他苦思冥想怎么也想不明白,这究竟是怎么回事。正在这时,郭政委走了进来,他握住马本斋的手,轻声说:"问题我全知道了。"马本斋痛苦地抬起头,一眼看见了政委的空袖子,失声叫道:"政委!"他站起一下子攥住了空袖子,眼里充满了泪水。随后在郭政委的安排下,马本斋下令将部队转移。

鬼子和汉奸到了赵家庄,兵分两路进了村子。霎时间赵家庄变成了火海,可鬼子折腾了半天,一个人影也没找到。山本气得"哇哇"大叫,揪着白富贵的衣领子吼道:"你!你的什么情报?"

随后在汉奸哈少福的煽动下,气急败坏的山本下令把马本斋的母亲白文冠抓走了。马本斋得知后,顿时觉得天旋地转。

白文冠被抓进了河间城,她躺在床上,看到哈少福进来,就把脸扭到一边。哈少福本想劝白文冠投降,结果碰了一鼻子灰。于是,他决定亲自去马本斋那里,他问白文冠有什么要带给马本斋,白文冠语气坚定地说:"叫他好好打日本人!"

在马本斋的司令部。哈少福自己从壶里倒了一杯水,端起来对马本斋说:"日本人真孬种!把大姑请去要和你讲和。""什么条件?"马本斋问。"一个是从今以后你不打他,他不打你。一个是你愿意过去的话,保险给你个三县的剿共司令!"哈少福得意地说。马本斋听了很生气,一掌拍在桌子上,愤怒地说:"你告诉山本,他有种就把队伍拉出来跟我干,抓老太太,那不是本事!"

这时，马大壮进来报告说李老汉和开小差的战士都回来了。马本斋听了非常高兴，三步并作两步走到院子里。事实教育了马本斋，他激动地喊了一声："李大叔！"然后转身对着战士们，检讨说，"同志们，以前是我错了。从今以后，回民支队一定要爱护老百姓，不要说减租减息，只要是对人民有利的事，让我马本斋干什么都可以。"说完，他转身推开了门，一把揪起哈少福走到门外，将他推倒在地，命令道："捆起来！送军区！"哈少福吓破了胆，趴在地上爬不起来了。

白文冠以绝食与敌人抗争。这一天，一个伪军又过来送饭，他劝道："老太太，你喝口汤吧！七天啦，不吃不喝的，就是铁打的人，也熬不下去呀！"说着，跪到地上哀求道，"老太太，你行行好吧！你不吃饭，我们天天挨打呀，鬼子还说要杀我们呢！"白文冠慢慢地睁开眼睛，有气无力地说："连我这个老太婆，他们都不敢打，还敢打你……五尺多高的男子汉？"这个伪军被白文冠说得无地自容，双手捂住脸，低下了头。

这时，山本和金副官进来，走到白文冠的床边。金副官叫道："马老太太，山本连长来看你来啦！这回你老人家总该言语一声了吧？"山本在一旁鞠躬而立，白文冠睁开双眼，眼中满是愤怒、鄙视、嫌恶，山本吓得连连倒退。突然，白文冠头一偏，气绝身亡，手从床上滑了下来，一只玉镯落在地上，摔成了几段。

很快，回民支队接到军区的命令，要端掉山本的老窝。马本斋看到鬼子从据点出来了，当他们走进射程时，马本斋怀着满腔仇恨握着机枪，向敌人猛烈射击。打了一阵后，马本斋估计鬼子要开炮轰炸了，便对战士们说："转移！"

随后，马本斋拿着望远镜循着炮弹发射声寻去，不一会儿，就发现了敌人隐蔽的大炮，便立即命令炮兵连长把鬼子的山炮炸烂。这时，那个给白文冠送饭的伪军过来了，他被白文冠的英雄气概感动，决定投奔八路军。他把一个手绢包交给马本斋。马本斋一层层掀开手绢包，看到母亲碎了的玉镯，顿时悲痛万分，狠狠地喊了声："打！"敌人的大炮在爆炸声中飞上了天。

进攻的炮声响了，郭政委振臂高喊："同志们！冲啊！"刹那间，枪声四起，战士们跳出掩体向敌人的阵地冲去。马本斋也带着骑兵从侧面包围过来，一下子打得敌人溃不成军，节节败退。这时，躲在桥洞下的山本瞄准郭政委开了一枪，警卫员小刘忙上前抱住被枪打中的郭政委，并抬手一枪击毙了金副官。山本向山上逃去，被骑马过来的马本斋一刀劈死。

伤势沉重的郭政委躺在地上，这时李茂才认出了郭政委就是郭团长。马本斋得知后，百感交集，痛苦万分，他俯身半跪在郭政委跟前，动情地说："政委，为什么你不早告诉我呀！"郭政委费力地抬起身，吃力地说："共产党员，执行党的任务，有什么值得告诉人的！"说着他掏出马本斋的入党申请书，虚弱的声音中有着掩饰不住的喜悦："你的入党申请，批准了！"说完，郭政委慢慢地合上了眼睛。

"政委！"马本斋喊了声，眼泪像断线的珠子一样掉下来。他从身上掏出母亲的玉镯放在郭政委的胸前，又把一面红旗盖在郭政委的身上。接着，马本斋缓缓地站了起来,注视着远方，庄严宣誓："我们宣誓，我们一定会在党的领导下，永远忠实于党，永远忠实于人民，不把敌人消灭，决不罢休！"

整个回民支队的战士们全都庄严地举起了右手，气壮山河地宣誓："我们一定会在党的领导下，永远忠实于党，永远忠实于人民，不把敌人消灭，决不罢休！"他们的声音响彻云霄，震撼大地。

影评选粹

人物传记·民族色彩

《回民支队》是一部抗战题材的影片，描写了一支自发组织的回民抗日义勇军，经过党的启发、教育，以及战胜内部的矛盾和冲突，逐渐成为一支强有力的人民武装队伍的曲折经历。同时它又是一部经典的人物传记片，成功地塑造了马本斋这一英雄人物形象，生动地展现出他勇武、真诚、单纯的个性特征，深刻揭示了马本斋对整个回民支队成长所起的决定性影响。

本片的所有情节基本上都是围绕马本斋来展开的。作为衬托及制造矛盾冲突的需要，影片巧妙运用了阶级分析的方法，合理安排了一些人物的关系，使其在处理问题上产生明显的分歧，从而显现出人物的性格，推动故事的发展。

影片追求朴素深沉的表演风格，突出表现了马本斋勇猛、单纯、热血爱国的英雄气概，并热情讴歌了马母作为中国女性所具有的慈爱而坚贞不屈的伟大情怀。本片无论是在场面调度方面，还是在镜头语言等方面，均具有浓郁的民族色彩。

精彩回放

影片中投靠山本的汉奸哈少福在马母面前碰了一鼻子灰后,决定亲自去诱降马本斋。

在马本斋的司令部。哈少福自己从壶里倒了一杯水,端起来对马本斋说:"日本人真孬种!把大姑请去要和你讲和。""什么条件?"马本斋问。"一个是从今以后你不打他,他不打你。一个是你愿意过去的话,保险给你个三县的剿共司令!"哈少福得意地说。马本斋听了很生气,一掌拍在桌子上,愤怒地说:"你告诉山本,他有种就把队伍拉出来跟我干,抓老太太,那不是本事!"

这一片段生动形象地刻画出马本斋粗犷、淳朴,却又爱憎分明的个性,展现了他矢志不渝的热血爱国的英雄气概。

血战台儿庄

> 师长,我不能做日本人的俘虏,你帮帮我的忙吧。
>
> ——滕县城楼上,战士请求师长开枪打死自己

影片档案

出品:广西电影制片厂
编剧:田军利　费林军
导演:杨光远　翟俊杰
主演:邵宏来　初国良　江化霖

荣誉成就

1987年获第10届大众电影百花奖最佳故事片奖。

1987年获第7届中国电影金鸡奖最佳编剧、最佳化装、最佳烟火奖。

1987年获广播电影电视部优秀影片奖。

影片史料

1938年1月至6月,中国军队以江苏省徐州为中心的津浦(天津至浦口)、陇海(宝鸡至连云港)铁路地区进行了抗击侵华日军进攻的防御战役,史称徐州会战。

1938年,侵华日军侵占南京、济南后,为打通津浦铁路,使南北战场连成一片,先后调集20多万兵力,实行南北对进,攻占华

东战略要地徐州。中国第五战区司令长官李宗仁先后调集约60万兵力,防守徐州。南线的日军第十三师团占领蚌埠后,被阻击在淮河南岸,与中国军队隔河对峙。北线的日军第五师团进攻临沂受挫,第十师团攻占了滕县。3月23日,日军开始攻击鲁南的台儿庄,守军顽强抗击,浴血奋战,共歼敌万余人。此后日军改变战法,以少数兵力牵制正面守军,集中8个师团向西迂回包围徐州。中国军队为避免在不利的条件下进行决战,开始向皖豫边界突围,5月19日,徐州陷落。

剧情故事

一

1937年12月13日,日本侵略军攻占南京,制造了骇人听闻的"南京惨案"。接着,日军华中方面主力军企图与华北方面军南北夹攻,合围徐州,试图一举打通津浦线。就在这风云突变的时刻,国民党第五战区司令李宗仁将军来到徐州。

在徐州当地政府举办的茶会上,李宗仁表示此次奉命前来徐州,是要粉碎日军南北夹击合围徐州的企图。李宗仁希望徐州各界人士和乡亲父老齐心协力,战胜日军,保卫徐州。

蒋介石的办公室里,第二十军团军团长汤恩伯求见蒋介石。汤恩伯担心李宗仁把蒋介石的嫡系部队拼光了,使得蒋介石以后难以维持局面,不愿到第五战区作战。蒋介石告诉他:"如果李宗仁对你为难的话,你可以直接找我,必要的时候,我还可以去徐州嘛。还有对于济南,你要格外小心,韩复榘素来不服中央,拥兵自重。"临走时,蒋介石把原先拨给韩复榘的重炮旅全部调归汤恩伯指挥。

山坡上,第三集团军总司令、第五战区副司令长官、山东省主席韩复榘正看着蒋介石发来的电报。副官跑来报告说:"我军正面进攻得手，孙桐萱军长请求派部队包抄日军后路。"

"我抄日本人的后路，老蒋抄我的后路！整一个炮兵旅，一炮没放，全给调走了。我不是傻瓜，我拿脑袋去撞日本人啊！去，告诉孙桐萱军长，全都给撤兵，一兵一卒也不留！"韩复榘气愤地说。

韩复榘将电报撕得粉碎，对众人说："今天这个事情诸位看到了吧，不是我韩某不抗日，实在是老蒋不仁不义，欺人太甚。今后，谁敢说我韩某不抗日，我就毙了他！"

韩复榘以炮兵旅被调走为借口，直接命令部队撤到济南，使得日军矶谷师团主力从青城、济阳之间轻易渡过黄河，向济南袭来。

在第五战区长官部，李宗仁和第五战区参谋长徐祖贻正在用餐。副官将韩复榘的情况报告给李宗仁，李宗仁将碗摔在桌上，对徐祖贻说："从今天起，没有我的命令，五战区的一兵一卒不容许任何人随便调动！"

蒋介石办公室里，国民党军事委员会副总参谋长白崇禧向蒋介石报告阎锡山指责川军军纪废弛，不听调遣，要把他们赶出二战区，一战区程潜也拒绝收留川军的问题。蒋介石气愤地说："这些烂部队和土匪一样，既然大家都不要，就让他们回四川，称王称霸好了。"

"我再问问五战区李长官，看他的意思如何？"白崇禧说。

蒋介石指着办公桌说："可以，你给德邻（李宗仁，字德邻）打个电话。"

李宗仁接到电话说："健生（白崇禧，字健生），我看世界上没有无用之兵，只有无用之将。当年诸葛亮扎草人做疑兵，川军总比草人强吧。请你马上把他们调来好了。"

在徐州街道上，李宗仁和徐祖贻边走边谈论张自忠。李宗仁说："如果我们能救张自忠于水火之中，他肯定会拼死相报的，这样我们手中不就有一支可靠的生力军了吗？"

徐祖贻认为张自忠现在的处境有点不乐观。

李宗仁轻松地说："我在南京时，就听到不少人替他抱不平，说他就任北平市长是奉了宋哲元的密令，如果不是他出面与日本人周旋，二十九军十几万人马怎么会安全撤走呢。他不过是代人受过罢了。"

　　徐祖贻还有点担心地说："可委员长不点头，谁敢用他呢？"

　　就在国难当头的时候，津浦路北线的韩复榘集团军却为了保存自己的实力，擅自放弃重镇济南，致使津浦路正面大门洞开，日军南线主力乘机长驱南下，泰安、兖州、济宁、大汶口等地相继陷落。

　　五战区长官部，徐祖贻对李宗仁说："德公，委员长来电话，请你到开封参加军事会议。还特别关照让韩复榘一同前往。"

　　李宗仁盖上茶杯，说："又是一出'鸿门宴'。"

　　"我看韩复榘是凶多吉少了。委员长记恨韩复榘不是一两天的事了。早在前年西安事变时，他就发过马电支持张学良、杨虎城，推波助澜。按照委员长的脾气……"徐祖贻分析着。

　　李宗仁坐下来说："像这样的逃跑将军不制裁几个不足以振奋军心。"

二

　　1938年1月11日，国民政府军事委员会召集第一、五两战区高级将领在河南开封举行军事会议。机场，李宗仁等高级将领列队欢迎蒋介石到来。李宗仁向蒋介石请求放张自忠回去率部参战。蒋介石同意李宗仁的请求，并下令让张自忠即刻回部队，以军政部中央部属的名义兼五十九军军长。

　　会议上，蒋介石点完名之后，从口袋里掏出一本小册子问："谁带了这本《步兵操典》？"只有汤恩伯一人回答说带了。蒋介石举着《步兵操典》说："日本部队不仅军官，就连士兵都随身携带这本小册子，时时学习，处处规范行动。而我们呢？抗战以来一败再败，就是因为军纪不整，各自为政。我要整顿军纪！"随后，蒋介石指责韩复榘擅自放弃战略要地济南、泰安，使五战区后方动摇，影响极大。

散会后，两名便衣将韩复榘秘密扣押。1938年1月24日，韩复榘在武昌被执行枪决。

1938年1月12日，日军为策应津浦路上主力的正面攻势，在渤海的崂山湾、福岛两处强行登陆，迅速占领青岛后，往西进迫鲁南重镇临沂，与中国守军展开激战。至此，台儿庄会战的序幕正式拉开。

日军所到之处，烧杀抢掠，使得老百姓流离失所。

在五战区长官部，李宗仁和徐祖贻正在研究临沂的战况。这时，第五十九军军长张自忠前来报到。互相问好之后，李宗仁说："马上通知军需部给五十九军补足给养，准备开赴淮北前线布防。"

"临沂的战况不乐观，临沂的得失关系到全局啊。"徐祖贻皱着眉头说，"德公，能否考虑由荩忱（张自忠，字荩忱）增援。"

李宗仁考虑到张自忠与庞炳勋有一枪之仇，不想强人所难，说："关于增援庞军团，我另有安排，我计划急调廖磊的二十一兵团增援临沂。"

张自忠站起来，神情严肃地说："李长官，如果信得过我张自忠，增援临沂可否由五十九军来担任？现在，国难当头，山河破碎，一切私仇旧怨就不提它了。"

李宗仁听后非常感动，说："老弟不计前嫌，以中华民族存亡大计为重，这种豁达的气度，德邻十分佩服。"

张自忠语气真挚地说："请李长官放心，不灭日寇，自当拼死疆场。"

在第三军团军团长庞炳勋的指挥部里，徐祖贻给庞炳勋带来了张自忠的作战计划。张自忠要以攻代守，强渡沂水，缚敌背后。徐

祖贻也同意此作战计划，认为这样既可以解临沂之危，又可以包抄敌后，歼灭敌人，要求庞炳勋不惜代价固守临沂，配合张自忠强渡沂水河。

凌晨，五十九军一百八十师士兵冒着日军的炮火强渡沂水河。过河之后，战士们与日军展开村落巷战，双方伤亡很大。由于伤亡惨重，徐祖贻建议五十九军撤出战场，整补再战。张自忠激动地说："我军伤亡是大，可日军的伤亡更是惨重。战争的胜负往往取决于双方最后时刻的较量。请你无论如何代我禀报李长官，批准我再打一天一夜，就是剩下最后五分钟，我也誓将坂垣击溃。"最终，徐祖贻同意张自忠的建议。

指挥部里，张自忠命令所有能作战的人员和轻重火力全部都到第一线作战，自己则亲率手枪营前往一线，黄昏前向日军发动攻击。

第五十九军全体官兵呐喊着从四面八方冲向日军阵地，日军陷入重围，慌乱逃窜，溃不成军。

解围后的庞炳勋来到山坡上，张自忠赶忙跑下去迎接，两人的手紧紧地握在一起。二人在这抗击外侮的战斗中，冰释前嫌。

川军驻地，一百二十二师师长王铭章陪同李宗仁、徐祖贻检阅部队。三人在一面写着"天府子弟，抗日报国"的旗帜下停住。王铭章说："这是成都各界民众送给我们，鼓励我们抗日的。"转过身来，深情地说，"我们千里迢迢出来是抗日的，可是一、二两个战区都不要我们，当时真是有'天下之大，无处容身'之感啊！李长官让我们到五战区来，就已经是恩高德厚了，还给我们补充这么多军械装备。"

李宗仁说:"我不要你们感恩戴德,只希望你们这次防守滕县,能杀敌报国,为咱们中国军人添光彩,为你们四川军人争光。"

"请李长官放心,我们一百二十二师,愿与滕县共存亡,以赎川军20年内战的罪过。"王铭章严肃地说。

三

3月中旬,日军矶谷廉介第十师团为先夺战果,不待东南两路辅助部队配合,以"先入关中者为王"的骄横气焰,孤军南下,直扑徐州门户滕县。川军一百二十二师在王铭章师长的督战下与日军在滕县展开激战。

李宗仁吩咐徐祖贻马上电令已经到达官桥的汤恩伯部火速北上,增援滕县。汤恩伯军团为了保存实力,不肯及时增援。

滕县城楼上,一百二十二师阵地,尸横遍野。受重伤的王铭章挣扎着亲自端起机枪向攻城的日军猛烈射击。王铭章坐在墙头,将所有的手榴弹聚集在一起。这时,通信员跑来报告:"师长,城南、城东、城北三面都被日军占领。"

王铭章沉着地问:"赵参谋长那里的情况怎么样?"

通信员声音颤抖地说:"参谋长和七百四十团团长王林死战不退,已和阵地上的官兵壮烈殉国。"

"我方援军现在在什么地方?"

通信员回答:"联系不上,没有一点儿消息。"

王铭章想了想,说:"既然如此,你马上替我发个电报。十万火急,徐州,李长官并转蒋委员长。目前,日军已攻破滕县城防,我方援军至今杳无音讯,职部王铭章及全师官兵,决心以死报效国家,以遂成仁之志,谨此急电……"

王铭章把跟随自己多年的怀表送给通信员留作纪念。通讯员含着眼泪收下,依依不舍地走下城楼。

一名身受重伤的战士艰难地挪动弹药箱给王铭章送来手榴弹，他用乞求的眼神看着同样身受重伤的师长，说："师长，我不能做日本人的俘虏，你帮帮我的忙吧。"说完靠着王铭章闭上了双眼。王铭章含泪掏出手枪将他打死。

身负重伤的王铭章拄着拐杖，看着蜂拥至城墙的日军士兵。王铭章扔下拐杖，坐在墙头，从容地掏出仅剩的半截烟卷，随手捡起一根尚有火星的木棍把烟点着，对众日军不屑一顾。而后，王铭章扔下烟头，走到城楼豁口处，掏出手枪，对准左胸开枪，自杀殉国。"天府子弟，抗日报国"的杏黄旗帜在硝烟中飘荡。日军攻破滕县，但是没有俘虏一名中国士兵。

王铭章的追悼会上，摆放着毛泽东、蒋介石以及四川抗日救国会等赠送的花圈。蒋介石含泪说："今天我们沉痛地悼念王铭章师长，不知各位做何感想，我准备在王师长的家乡修建一座大大的坟，让所有的军人和全国老百姓永远地记住他！"这时防空警报响起，警卫军官赶忙走上前去，说："空袭，避一避。"

蒋介石推开过来的军官，不顾空袭警报，继续训话道："慌什么，我们身为军人，要以王师长为榜样，临危不惧，视死如归！"天空上日军的战机飞来扫射轰炸。面对危险，蒋介石临危不乱，镇定自若地说："此次，津浦会战已到了最后的关头，各位要以王师长杀身成仁的军人气概为楷模，确保台儿庄和徐州，否则贻误战机、失掉阵地，那么不论他是战区司令长官或者军长、师长，我都要严厉地处分。"

运河边上，李宗仁和白崇禧谈论下一步作战计划。李宗仁表示滕县失守后，诱敌深入、背水一战的决心。白崇禧告诉李宗仁，他来徐州前曾约周恩来、叶剑英共商方略，并得知新四军张云逸支队协同李品仙、廖磊作战威胁日军后方，估计南线日军不敢贸然渡河北上。

五战区长官部，徐祖贻在军事地图上介绍了当前形势，随后代表长官部向各位将领发布具体作战任务。最后，李宗仁训话："台儿庄决战，事关全局，我希望任何不愉快的事情都不要发生。如果有人胆敢以身试法，本司令绝不宽容。"

四

1938年3月19日，三十一师主动出击，派出大队人马，以骑兵为先锋，在康庄展开遭遇战，边打边撤，将日军主力吸引到台儿庄。

23日，日军矶谷廉介第十师团组织强大火力，在飞机、坦克、火炮的掩护下，两千多名步兵绕过南路王宇兵团，经刘家湖向台儿庄大举进攻。

台儿庄内被日军炸成一片废墟。孙连仲气愤地说："不打破敌人的空中优势，这个仗没法儿打下去了！天上打不了，咱们就在地上干！"孙连仲向李宗仁建议摧毁日军的大汶口机场。27日，孙桐萱部队奇袭了日军大汶口机场，摧毁了日军的空中优势。

中国军队在台儿庄北站英勇地与日军展开激烈的肉搏战，誓死守卫阵地。战斗间隙，池峰城巡视战场。阵地上，全营只剩下肢体残缺的六名勇士。池峰城饱含热泪，真诚地致以军礼。

台儿庄北门，日军在坦克的掩护下一次次向城墙进攻。中国士兵从城墙上把火把、手榴弹扔向日军坦克。一名士兵把成束的手榴弹绑在胸前，从城墙上跳向日军坦克，拉响手榴弹，与坦克同归于尽。

虽然中国军队殊死抵抗，但日军借助坦克的一次次冲锋最终攻破了城墙。战士们边打边退，在街巷中继续抵抗日军进攻。灭绝人性的日军在进攻时对中国士兵释放毒气。最终台儿庄北门沦陷，中国士兵全部阵亡。

面对战局，池峰城命令张静波："从西往北横着往里打，切断敌人步兵和坦克的联系，把日军坦克放进庄内先打掉。"

阵地上，中国士兵一个个视死如归地抱着炸药或者成束的手榴弹冲向日军坦克，以生命为代价炸毁日军坦克。

在正面防线上，孙连仲部已固守了七天，阵地上尸横遍野，重叠相枕。孙连仲去向李宗仁报告战况，希望可以将部队撤下来。李宗仁对他讲："重赏之下必有勇夫。我现在悬赏十万大洋，你把后方凡是能拿枪的人，全都集合起来组成敢死队，谁敢临阵退却，杀无赦！"

孙连仲带着十万大洋来到前线。当他把这些银圆发给士兵时，所有士兵都将刚发到手的银圆扔在地上，其中一名中年军官说："长官，眼下咱命都不要了，还要大洋干什么！留下这点钱，等抗战胜利了，别忘了给咱们立块碑就行了！"士兵们踏着这些钱，冒着火炮跑过浮桥，增援台儿庄内的战友。

关帝庙前，池峰城对已经身负重伤的少校营长张静波处以军法。张静波为了替西北军保留"种子"而擅自带领一股弟兄脱离战场。由于汤恩伯军团迟迟不在敌后发起总攻，坚守台儿庄的官兵都快拼光了。援军没有一丝消息，军心动摇。池峰城为表示破釜沉舟、决一死战的决心，下令把唯一的退路——浮桥炸毁了，然后亲自带领敢死队从敌人手中夺回阵地。

在五战区长官部，副官向李宗仁报告当前严峻的战局，说："徐参谋长亲赴前线督战之前，让我再三禀告李长官，局势存亡绝续，胜败在此一时。如果汤恩伯军团再不从敌人背后发起总攻，整个战局不堪设想！"

汤恩伯军团司令部，关麟征和高参认为现在是军团主力出击的时候了。汤恩伯认为："我们背后已经发现日军，现在出击，一旦暴露了军团主力位置，我们完蛋了，台儿庄也保不住。"

"军团长，千钧一发之际，再也不能犹豫不决了。"高参说。

汤恩伯说："不要说了，我是军团长，我绝不拿军团主力冒这个险。"

关麟征严肃地说:"军团长,我请求五十二军单独出击。"

汤恩伯依旧我行我素,命令部队按兵不动。

五战区长官部,李宗仁再给汤恩伯发出电令:"要他必须于4月6日拂晓前,以军团主力向进攻台儿庄之敌的背后发起总攻,军令如山,军法无情!如不从命,贻误战机,当依抗命之罪严惩不贷!"

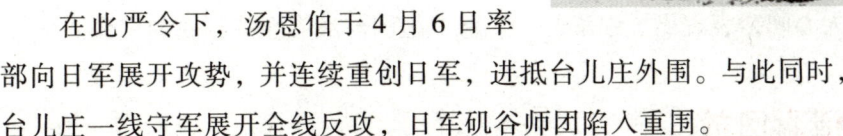

在此严令下,汤恩伯于4月6日率部向日军展开攻势,并连续重创日军,进抵台儿庄外围。与此同时,台儿庄一线守军展开全线反攻,日军矶谷师团陷入重围。

前线阵地,机枪呼啸着不断向前方扫射,空军不断地投下炮弹。硝烟的战场上,双方战士贴身肉搏,炮火在旁边响起,沾满鲜血的大刀已经卷刃了。池峰城率领敢死队冒着炮火冲上北门,消灭继续顽抗的日军。敢死队爬上旗杆架,砍下日本旗。几名中国士兵相互扶持着走向城楼顶,用自己的身躯作为旗杆,升起了青天白日旗。

台儿庄会战歼灭日军11 984人,生俘719人,缴获步枪10 000余支、机枪913挺、火炮127门、战车40辆,以第五战区中国军队全胜结束。

影评选粹

气势宏大·人物个性鲜明

本片是一部全景式军事影片。战场场面真实壮观,人物个性鲜明突出,既让观众领略到战争的宏大气势,又让观众感受到战争中人的精神和个性。影片编导发扬实事求是的精神，尊重历史，形象地从正面肯定了国民党将士在台儿庄战役中立下的丰功伟绩，同时也揭露了国民党上层的内部矛盾。

《血战台儿庄》真实地呈现了国民党军队中军官和士兵英勇不屈的英雄形象。著名影评人陈宝光在点评影片塑造蒋介石形象时，说："对蒋介石没有丑化，而是依据抗战初期的历史把握住了'抗日将领'的基调——他有偏袒嫡系的小心眼儿，但也有阻止日军猖狂攻势的决心和气魄，甚至在王铭章的遗像前潸然落泪。"

作为一部全景式军事影片，本片有三分之二的部分都是千军万马、枪林弹雨的打仗场面。那种肉搏厮杀、血染山河、悲壮凝重的气势撼人心魄，表现出了中华儿女为保卫祖国与敌人血战到底的气概。

精彩回放

李宗仁认为"重赏之下必有勇夫"，于是悬赏十万大洋给守城的战士，叫他们组成敢死队去支援台儿庄。所有士兵都将刚发到手的银圆扔在地上，其中一名中年军官说："长官，眼下咱命都不要了，还要大洋干什么！"随后战士们踏着这些钱，冒着火炮跑过浮桥，增援台儿庄内的战友。战士的行为所表现的，就是自古以来中国军人"只解沙场为国死，何须马革裹尸还"的豪气。

影片最后，导演使用了长达3分钟的移动镜头，展现出一幅"血肉长城"的画面。墙脚、豁口、车旁、护城河沟里，一片血海。斜靠着城墙的云梯上，密密麻麻地挂着阵亡士兵的尸体。尸体重叠相枕，一直延伸到城墙头上。这组以万千将士的血肉之躯堆积而成的山峦般的"血肉长城"的画面，既表现了这次战争的纪实感和战斗的悲壮氛围，又表现了将士们在这场血与火的战斗中的献身精神和爱国情怀。

地雷战

"铁西瓜",威力大,炸得鬼子飞上天,炸得汉奸地下爬。爬呀爬,像王八;爬呀爬,像王八。

——影片中铁蛋说的这句顺口溜极富喜剧效果

影片档案

出品:八一电影制片厂
编剧:柳其辉　屈鸿超　陈广生
导演:唐英奇　徐　达　吴健海
主演:白大钧　张长瑞　吴健海

荣誉成就

影片1974年荣获第十四届维也纳电影节纪念奖。作为一部独具创新的军事教育片,它在新中国电影史上可谓开一代先河,有着不可磨灭的地位和影响。

影片史料

1941年至1943年,中国共产党领导的敌后抗日军民处在严重困难阶段。日本帝国主义为了准备和进行太平洋战争,使中国成为其进行"大东亚战争"的兵站基地,对中国共产党及其领导的人民军队实行军事、政治、经济、思想和文化相结合的"总力战",对抗日根据地进行了"扫荡"和"蚕食"。同时,国民党顽固派又发

动了第二次、第三次反共高潮。

　　1942年，日本侵略者在胶东抗日根据地进行"蚕食"和"扫荡"。中国共产党为了粉碎敌人的蚕食政策，加强边沿地区的对敌斗争，特地从主力部队抽调一批干部，组织和领导各地的民兵武装与敌人进行斗争。

剧情故事

一

　　1942年是抗日战争最艰苦的一年。根据地抗日军民，在毛泽东的人民战争思想的指导下，和日本强盗进行了英勇顽强的斗争，并创造了许多巧妙的打法，赢得了反"扫荡"的伟大胜利。这时的胶东抗日根据地正上演着一场别开生面的地雷战。

　　赵家庄地处根据地的边沿地区，离日本鬼子的重要据点黄村只有八里路。这里群山环抱，地形险要，是通往根据地的必经之路。

　　这天，赵家庄民兵队长赵虎从军区"埋设地雷学习班"回来，正赶上敌人来"扫荡"。他赶紧埋好地雷，保护群众向山上转移。这时，县武委会雷主任赶了过来。他是被军区首长特意派到这里，领导这一带的群众开展抗日斗争的。此时，村里家家已锁门闭户，群众都上了山。雷主任好不容易才找到老石匠石大爷。石大爷一见雷主任，就向他控诉鬼子烧杀抢掠的滔天罪行。

　　雷主任和石大爷上山找到群众后，大家分析了当前的斗争形势。雷主任号召大家："坚持游击战，保卫根据地，决不让鬼子占领通往根据地的大门——赵家庄。"

　　乡亲们同仇敌忾，斗志昂扬，为保卫根据地，决心给敌人以沉重打击。刘三叔拿起一把大刀，坚定地说："鬼子有大炮，咱们有钢刀和红缨枪！"

民兵游击组组长玉兰，是石大爷的女儿。她怀着坚定的杀敌决心，抱着一杆火枪说："我要是有支钢枪，打鬼子就更解气了。"

机灵勇敢的铁蛋听玉兰说到枪，在一旁插嘴说："南山有大炮！那次我上南山还见过哩。"

经铁蛋提醒，大家都想起了这码事。人们高兴地说："那大炮能打西洋鬼子，就能打东洋鬼子！"石大爷接着给大家介绍了大炮的来历："那是当年闹义和团的时候，对付西洋鬼子的。现在打东洋鬼子，武器也得靠咱们亲手造！"

话音刚落，赵虎捧起一个地雷，信心十足地说："咱们有这个，叫鬼子尝尝'铁西瓜'的厉害！"

雷主任看到群众斗志高昂，信心坚定，进一步体会到人民战争的无穷威力。为了搞好民兵联防，他说："每个村庄都组织起来，每个人都武装起来，有毛主席、共产党领导，八路军撑腰，一定能够把日本鬼子赶出中国去！"

自此以后，在雷主任的指导下，这一带村庄联防工作搞得很出色：彼此互通消息，紧密配合，山头上设了信号树，儿童团白天放哨，民兵黑夜站岗，村里看到信号树一倒，就马上做好战斗准备。

二

一天，铁蛋和小芬正在放羊。忽然，他们发现鬼子从黄村出动了，马上按倒了那棵信号树。

赵家庄早已做好万全准备。游击组手持武器在山上监视敌人，严阵以待。爆炸组火速行动。赵虎和刘三叔沉着地在埋"踏雷"。这种雷用踏板做发火装置，一踩就炸，埋在村口、道边和广场，能够有效地杀伤敌人。大勇和另外一个民兵在细心地埋"绊雷"。这种雷，使用绊弦做发火装置。只要脚绊住雷弦，就非炸不可。鬼子经常在井口、田边、草地等难走的地方，被"绊雷"送上西天。一切准备就绪,雷主任和赵虎上山盯住敌人,指挥战斗。

狡猾的鬼子让汉奸在前边骑着自行车开路。汉奸骑车转过山口,眼看接近了雷区。民兵们屏住呼吸,眼睛紧紧地盯着敌人。山谷里静得出奇。忽然间,"轰隆"一声巨响,自行车压在踏板上,地雷爆炸了。敌人被炸得人仰马翻。山上的群众高兴地喊:"好哇!炸得好哇!"石大爷指着山谷里飞起的石块,若有所思地说:"石头都炸飞起来啦!"

鬼子小队长龟田,被这突如其来的巨响吓慌了。他定神一看,发现是踩上了地雷,再也不敢前进,命令改走小路。

在崎岖的山路上,扛着自行车的敌人,狼狈地行进着。他们小心翼翼,一步三回头,但仍然没有逃脱"绊雷"的惩罚。地雷四处开花。敌人被炸得寸步难行,只好带着几具死尸,夹着尾巴,灰溜溜地撤回黄村据点。

地雷一响,旗开得胜。赵家庄的群众胜利地返回村庄。人们欢呼着,庆贺这次战斗的胜利。

113

在人们欢庆胜利的时刻，雷主任勉励大家要戒骄戒躁，坚持斗争，并指出：今后一方面要从敌人手中夺取武器装备自己，另一方面要发挥地雷战的作用。

可是，经过战斗，地雷已所剩无几。针对这一问题，赵家庄党支部正在开会研究。雷主任告诉大家：要发动群众，就地取材，自己动手，战胜困难。

和石头打了半辈子交道的石大爷，想到战斗中石头被炸飞的情形，便提出用石头造地雷。大家都说："对，石头飞起来也能砸死敌人！"

民兵们不怕艰苦，为早日造成"石雷"，昼夜奋战，掀起了造"石雷"的热潮。终于，"石雷"试制成功了。这时，上级又发下一部分"铁雷"。这下给敌人准备了足够的"干粮"。

地雷越造越多，埋雷的方法也更加巧妙多变：用一根铁丝连同几个地雷，这叫"连环雷"；把几个手榴弹设置在地雷上，这叫"子母雷"。只要一个地雷爆炸，就会引起连锁反应，能够有效对付敌人的大部队。赵虎还创造了一种威力巨大的"碎石雷"：在一个簸箕形的石坑里，放上炸药，盖上木板，堆上碎石块。用它封锁路口、河滩、沟道等险要地带，杀伤力很大。

三

没过几天，一心要打开通往根据地大门的鬼子，开始兵分两路合击赵家庄。中队长中野带主力部队正面进攻，龟田小队长走小路，从东山侧面迂回包围。

正面进攻的敌人已是惊弓之鸟，他们提心吊胆地用探雷器探道，遇到可疑之处，就画上白圈，插上木牌，在木牌上写"地雷有"。

为了迷惑敌人，民兵们埋了真假雷。贪生怕死的鬼子看到假雷当真雷，赶紧套上绳子往外拉，正好踩响石头后面的真雷，一下子被炸得粉身碎骨。赵虎说:"这叫虚虚实实,真真假假,死雷活埋,到处开花。"

中野看到拉出来的不是真雷,净是些破罐子、破钢盔,气急败坏,暴跳如雷,然而又束手无策。

龟田带领一个小队,鬼鬼祟祟地从东山进剿。玉兰发现敌情后,吩咐田嫂和二嫚挂好雷弦,然后开枪射击。她们决定用忽南忽北,打一枪换一个地方的麻雀战把敌人引入雷区。接着,二嫚吹着哨子转了一圈,让鬼子感到山上埋伏着游击队,以诱敌深入。

随后,田嫂点响空油桶里的一串鞭炮,"乒乒乓乓"地响起来,就像放机关枪一样,把鬼子弄得晕头转向。龟田小队长躲在石头后边,胡乱指挥。

玉兰趁敌人慌乱之时又打了一枪。鬼子闻声扑来。随着一声声地雷的爆炸声,敌人纷纷倒了下去。二嫚高兴地探着身子喊叫起来:"炸了一个又一个!"她只顾高兴,忘了隐蔽。敌人发现她们是几个女民兵后,打了一阵机关枪,便朝她们冲过来。

玉兰她们见情况不妙,便敏捷地绕过一个岗子,迅速地埋好一个地雷。大家把在行进中埋的雷叫作"飞雷",它可以炸敌人个措手不及。鬼子"哇哇"叫着追过来。跑在前面的鬼子眼看就要追上玉兰她们,突然踩到"飞雷","飞雷"爆炸了!几个鬼子倒在地上。玉兰她们又迅速跑回来,从鬼子手里夺走两支钢枪。

忽然,狡猾的敌人从身后向她们包抄过来。正在这紧急时刻,赵虎带领区中队赶到,向敌人发动了出其不意的攻击,一下子便把东路的敌人打得狼狈逃窜。

敌人总是过高地估计自己的力量。中野听到东山枪声很紧,以为龟田进了赵家庄,于是命中路鬼子加速前进。这时,"连环雷""子母雷"接连爆炸,一阵"轰轰隆隆"的巨响,就像山崩地裂,炸得敌人倒下一片。气急败坏的中野带着督战队,端着枪对准退下的伪军,逼迫他们向前冲。

雷主任看鬼子接近"碎石雷"了,就让通信员给赵虎打信号。赵虎看到信号后,用尽全身力气去拉雷绳。"轰隆隆隆","碎石雷"又山崩地裂般地爆炸了。顿时,硝烟弥漫,乱石横飞,大大小小的石块好似冰雹,砸得敌人鬼哭狼嚎,伤亡过半。

随之,山上的民兵和游击队一齐开火,土枪、土炮、手榴弹劈头盖脸地向敌人打了下去。中野还想顽抗,突然被飞来的一颗子弹击中。他捂着受伤的手臂,无可奈何地下令收兵,仓皇撤退。

敌人是不甘心失败的。中野逃回据点,为了对付赵家庄民兵的地雷,特意从青岛请来起雷工兵。鬼子的工兵队长叫渡边,他带着工兵来到赵家庄,用探雷器把民兵埋下的地雷给起了出来。这样一来,得意忘形的中野便带着鬼子、汉奸气焰嚣张地冲进赵家庄,对赵家庄人民进行野蛮的报复,又欠下了中国人民一笔血债。

在山上,雷主任和群众看到鬼子的暴行,肺都气炸了。雷主任对大家说:"敌人派工兵来起雷,我们就要针锋相对,开展反起雷斗争。我相信,只要我们开动脑筋想办法,就一定能取得反起雷斗争的胜利。"经雷主任这么一讲,大家心里豁亮多了,立刻投入反起雷斗争。

赵虎更是废寝忘食。在群众的帮助下,他成功地设计出"头发丝雷"。对于这种雷,鬼子就是能探出来,也起不了。玉兰见头发丝有这么大的作用,二话没说,把辫子剪下来,交给赵虎说:"给你,拿去造地雷打鬼子吧!"

四

这天,敌人依仗着探雷器,又出动了大批人马,妄图通过赵家庄向我根据地进犯。鬼子队伍前面是渡边,他领着工兵拿着探雷器,边往前走边探地雷。一个敌工兵发现了地雷,渡边要他把雷起出来。

那工兵刚蹲下来起雷，突然，轰然一声巨响，敌人立马被炸飞了。原来，这儿埋的是"真假雷"。这种雷，假雷在上，真雷在下，搬动假雷，真雷爆炸。

渡边还以为是起雷的工兵不小心碰响了地雷。他大骂一顿，又下令继续起雷。一个探雷器刚刚触动一棵小草，就引起了猛烈的爆炸。原来是碰上"头发丝雷"了。接着，"夹子雷""真假雷"一齐爆炸。渡边被吓得面如土色，不知其中奥妙。中野眼见起雷失败，懊丧地下令撤兵。山上的民兵见这情景，个个兴高采烈，向敌人喊着："小鬼子！留下'铁西瓜'钱再走！"

过了几天，铁蛋正在山上放哨，忽然发现一个货郎打扮的人走上山来，他边走边看，好像在寻找什么。铁蛋立刻上前盘问。这个货郎自称是八路军的侦察员。铁蛋见他神色慌张，断定他不是好东西。为了弄清他的来意，铁蛋一面装出亲热的样子和他交谈，一面摇动信号树给民兵报信。

等二嫂赶过来时，那家伙已经溜走了。二嫂怕打草惊蛇，便暗暗监视着他。原来这家伙是敌人的便衣队长。渡边怀疑我们的地雷有反探雷器，就派这个汉奸偷回一个地雷研究研究。这当儿，他看铁蛋和二嫂好像没有注意他，就绕到大路上，看看四周无人，便趴在地上起地雷。二嫂一看着了急，举枪打飞了那家伙的帽子，吓得他丢下地雷连滚带爬地逃走了。

那汉奸逃回据点，说赵家庄民兵防守严密，没偷成地雷，还差点丧了命。中野见他空手而回，骂他不中用。渡边在一旁献媚地说："明天瞧我的。"

第二天，赵家庄村外的小路上，有个人牵着小毛驴走了过来，毛驴上坐着一个"小媳妇"，好像是送媳妇回娘家的样子。其实，这个"小媳妇"不是别人，正是化了装的鬼子工兵队长渡边。他坐在毛驴上，东张西望，忽然发现一个地雷，如获至宝，马上把它捧起来，放在篮子里，掉过头来就往回跑。

其实，雷主任和赵虎早已发现敌人的偷雷阴谋，决定将计就计，引敌上钩。山上的民兵只是虚张声势地喊了一阵，放走了渡边。

渡边逃回据点，自以为有本事，得意扬扬地用放大镜对着那个地雷研究起来。他万万没想到，这是一个能延期爆炸的"土化学雷"，是专门用来对付鬼子偷雷的。正当渡边研究得上劲时，忽然那雷冒出一股白烟，"轰隆"一声响，把这个所谓的地雷专家炸得粉身碎骨。

五

为了保卫麦收，粉碎敌人的抢粮计划，雷主任连续召开附近村庄的联防干部会议，告诉大家：我主力部队正在胜利反攻，鬼子很快就要被赶出中国。同时，他传达了县委指示：麦子要快收，快打，快藏，决不让鬼子抢走一粒粮。各村民兵要互相配合。他还规定了行动信号。

一切布置妥当后，在一个漆黑的夜里，男女老少齐出动，先从据点边上收起麦子。民兵一手拿枪，一手拿镰刀，随时准备消灭敢于来抢麦的敌人。到了后半夜，鬼子发觉群众抢收麦子，便集合人马，慌忙出动。鬼子刚出据点门口，地雷就在脚下开了花。鬼子连滚带爬地又龟缩回去。

狡猾的中野冷笑一声，命令放下软梯，从围墙爬出。在夜色的掩护下，鬼子蹑手蹑脚，绕道去偷袭打麦场。

天刚蒙蒙亮，石大爷和田嫂正在村口警戒，忽然发现不远处影影绰绰地走来一群人。石大爷高声喊道："干什么的？站住！"敌人也不搭腔，猛然朝石大爷扑过来，开枪打伤了石大爷的头部。田嫂忙来扶他，石大爷说："别管我，快去点信号！"

田嫂迅速跑到小山后，把敌情报告了玉兰。她们马上点起了狼烟信号，向各村民兵报告敌情。

　　雷主任看到信号，指挥各村民兵飞速向敌人包围过来。"抓鬼子喽！""缴枪不杀！"顿时喊声四起，山谷震荡。随着枪声，麦场上鬼子倒了下去。中野见民兵越围越近，吓出一身冷汗，便慌忙下令，押着石大爷和其他群众撤退。

　　雷主任见鬼子要撤退，立刻带领民兵埋伏在村口要道，准备全歼敌人。可是等鬼子走到村口，发现狡猾的中野让群众夹杂在鬼子队伍中间。雷主任怕伤着群众，下令不准开枪。大家只好眼看着石大爷和乡亲们被鬼子抓走了。

　　心急如焚的雷主任马上派人向主力部队报告了这一情况，打算拔掉黄村据点。同时，连夜开会研究，设法解救群众。

　　很快，主力部队便派李连长带领战士们来支援这里的斗争。

　　不久，敌人送来一封信。信上说如果不送粮食，不起地雷，就要押着被捕的群众踏雷开路，进行扫荡⋯⋯

　　雷主任和李连长经过一番商量后，决定将计就计，把敌人引出据点。然后八路军乘虚而入，拔掉据点；雷主任带领民兵，拖住敌人，解救群众。

　　为对付敌人的毒计，赵虎设计的"蝎子雷"在此时成功了。这

种雷,用一根绳索连接地雷的雷弦,等埋好地雷后,把绳索拉到前面去,连接上踏板。这样,前边踩上踏板,地雷在后边爆炸,只炸鬼子,不炸群众。

战斗准备正在紧张地进行着。刘三叔负责挂"天雷",就是把雷弦挂在树上,敌人碰上树枝,地雷在空中爆炸,封锁山林。河边埋"水雷"。又故意在没有地雷的地方插上"小心地雷"的木牌,使敌人真假难辨。

过了几天,中野看我们没答应他的条件,就押着群众出动了。石大爷临危不惧,昂首阔步走在最前面。他决心牺牲自己,把敌人引入雷区。

已经接近村口了,仍不见地雷爆炸,石大爷真着急呀!他想:怎么没一点动静?可不能把雷起出来呀!忽然,他一脚踩上了"蝎子雷"的踏板,连忙喊着让群众趴下。后面的鬼子来不及逃命,正好被地雷炸得七零八落。

同时,雷主任带领民兵,居高临下,猛烈射击,打得敌人抬不起头来。赵虎带人冲下山来,营救群众。群众脱险之后,雷主任下令停止射击,接着命令民兵随打随撤,把鬼子引进村里的地雷网,关起门打。

中野听到枪声突然停止,以为民兵子弹快打光了,就指挥着鬼子、伪军往村里冲来。敌人进了院子,玉兰从炕上的地道口出来,从窗户眼打出一枪。一个鬼子仰面朝天倒下。大勇故意暴露了一下,鬼子疯狗似的跟踪扑过来。大勇越墙而过,顺手挂上雷弦。鬼子爬过墙来，触动雷弦。"轰隆"一声，炸死了好几个鬼子。鬼子眼看着赵虎进屋进箱子，他们尾追而上，一掀箱盖，烟起雷响，鬼子完蛋了。赵虎躲在地道里发笑。

那个偷雷的汉奸队长，一脚踩在踏板上，他惊恐万状地怪叫："啊！有地雷！"叫声未落，地雷就把这个无耻的卖国贼炸死了。

被打得狼狈不堪的中野，看到黄村据点很快被攻克，更加惶恐不安。他集结残兵败卒，准备逃命。雷主任看到后，把拳头一挥说："逃命，没那么便宜！"说着他便指挥民兵从四面攻击，把敌人围困起来打。

"杀！"民兵们在雷主任的指挥下，如猛虎下山，向敌人冲来。龟田正想夺路逃命，却被石大爷拦住，一刀砍死。

眼看就要全军覆没，中野忙趁乱爬上马背，准备逃命。玉兰盯着要逃命的中野，双眼喷出怒火，抬手一枪，中野一头栽了下来。中野挣扎着爬起来还想逃，这时雷主任和赵虎带着民兵追了过来，同时李连长率领八路军战士赶到，堵住了中野的退路。中野成了瓮中之鳖。

中野进退不得，吓得魂不附身，忽见路旁一块木牌，上写"侵略者之墓"。他气急败坏，凶恶地举刀朝那木牌砍去。哪知刀落雷炸，这个罪恶累累的日寇头目，被炸得粉身碎骨。

地雷的爆炸声接连不断，山谷里、河道边、树林里，到处都在惩罚着那些负隅顽抗的敌人。这雷声，如礼炮轰鸣，高奏着人民战争的胜利凯歌。

影评选粹

不一样的军事教育片·独特新颖的对白

《地雷战》是一部军事教育影片，具有很强的故事性。它通过质朴而灵活的艺术处理，将特有的知识与艺术和谐地融合在一起，让观众在欣赏故事的同时，还可以从中了解到制造地雷的知识以及使用地雷的技巧和方法。

影片的剧情颇有故事性，跌宕起伏，扣人心弦。悬念的设置更是匠心独运、妙不可言；并且还采用了多种艺术表现手法，如夸张、巧合、对比等。

影片另一大特色是对白精彩，语言生动，许多对话都借用了山东快书的韵味，形象生动，朗朗上口，言简意赅，令人捧腹，富有戏剧效果。

精彩回放

这部影片是一部反映抗日战争时期，胶东抗日根据地民兵对敌斗争英雄事迹的正剧，主题鲜明，事件集中，基调昂扬。它之所以能够吸引观众，首先应当归功于编导者娴熟的编排故事的能力。

影片紧紧围绕地雷展开故事：八路军战士指导民兵使用地雷，赵虎、石大爷等人研制土地雷，女民兵引诱鬼子进雷区，土地雷大显神威，鬼子偷雷，工兵排雷，鬼子进庄烧杀抢掠，赵虎接受教训研制新式地雷，鬼子用枪口押解老百姓"踏地雷"，到最后鬼子陷入地雷阵，情节环环相扣，跌宕起伏，扣人心弦。

南岛风云

　　同志们辛苦了，在这段日子里由于你们忠于党，忠于我们伟大的革命事业，在护士长的领导下，终于战胜重重困难回到了队伍。你们这种坚毅不屈的精神，正是我们人民军队所特有的性格。

　　——受伤队员与大部队胜利会合后，大队长赞扬道

影片档案

　　出品：上海电影制片厂
　　编剧：李英敏
　　导演：白　沉
　　主演：上官云珠　孙道临　穆　宏

荣誉成就

影片真实地再现了抗战时期海南岛的历史风貌,展示了南国风情,富有浓郁的地方特色。该片获文化部1956年颁发的优秀影片二等奖。

影片史料

1939年2月,日军侵占了海口、琼山等地。在中国共产党的积极动员下,许多爱国青年纷纷参加独立队。1940年1月以后,斗争形势发生了变化,中共琼崖特委及总队领导机关向纱帽岭转移。中途由于出现特殊情况,总队机关不得不将受伤的队员留在附近的山上,继续游击战争,并叮嘱他们等待时机成熟之后再与大部队会合。

剧情故事

一

1943年，抗日战争进行到最艰苦阶段，在祖国南方的海南岛上，到处硝烟弥漫，八路军游击队和日寇进行着顽强不屈的斗争。随着战斗的不断推进，日军被八路军打得焦头烂额，日军中尉在电话里向上级报告，称遇到八路军主力，要做拼死挣扎。这时八路军部队却巧妙转移，向丛林茂盛的山区挺进，避免和敌人大部队正面接触，减少伤亡，保存实力。

身负重伤的八路军指导员韩承光被救护队的战士们用担架抬上山来，此刻他已昏迷不醒。事务长摸了一下韩承光的前额，再揭开被单，发现他的伤口还在流血，便让小春赶紧去叫护士长。护士长符若华闻讯，赶紧拿出针剂给指导员注射。过了一会儿，指导员韩承光苏醒过来，第一件事就问符若华，政委和大队长在哪里，他有重要情报要汇报。其实，符若华也根本不知道政委和大队长在哪里。

与此同时，政委和大队长也在考虑伤员的安置问题。政委和大队长商量，根据地形把18名伤员暂时隐蔽在这座山上，觉得带他们到支队过于集中，太危险，而且不便于行军打仗。于是，政委决定把米留下，并留一部分武器，然后让刘参谋去通知护士长。

刘参谋是护士长的爱人，他非常舍不得离开自己的战友和妻子，于是他怀着沉重的心情来到伤员们休息的营地，将上级的决定告诉符若华。符若华听后感到很为难，她难过地问道："大队为什么不带我们走？"刘参谋解释道："不能让大队带着伤员去根据地，大队天天要作战，为了伤员的安全，伤员应该留在山上。"

符若华表示，自己从来没有离开过大队，医药粮食稀缺的问题让她觉得压力大。刘参谋建议，让留下的伤员成立一个支部，由指导员韩承光担任支部书记，事务长和小春也留下来协助符若华开展工作。符若华这才感觉踏实许多。

　　大队临行前,大队长来到符若华面前对她说:"组织对你的唯一要求就是养好同志们的伤回到队伍里来,同时大队在西路站稳了脚马上回来接你们。"符若华坚定地回答:"大队长放心!"

　　在留下的同志们的目送下,大部队整队出发,大家互相握手依依告别。韩承光看到符若华眼角闪动的泪花,上前安慰:"护士长,离开队伍谁都难过,等同志们伤养好了就可以回队伍了。"符若华感激地望着他,脸上浮现出久违的笑容。

　　战士小杨腿部受伤,符若华给他换药,告诉他药品紧张,今天用盐水擦伤口,小杨说没事,就是腿残废了也要坚持下去。即使受到伤痛的折磨,小杨仍然抓紧时间学习。一次,他遇到一个生字,去问指导员,韩承光说那是布谷鸟,并拿出口琴学布谷鸟的叫声。小杨在悠扬的琴声中回忆起以前和奶奶在一起的欢乐时光。当想到家乡的粮田被鬼子毁掉的时候,小杨感觉非常难过。韩承光鼓励道:"我们会回去的,菠萝、香蕉树都会长起来的。"听到这里,小杨破涕为笑。

　　这时,符若华给战士林东上药,林东疼得大叫。符若华安慰道:"忍一忍,一会就好了。"林东问那些德国药为什么不给用,符若华说是留给重伤员用的。林东赌气地抢过纱布自己包扎起来。

　　符若华给伤员们换完药,拖着疲惫的身躯来到自己的草棚前,抬头看到挂在房檐前女儿的照片,拿在手里久久不愿放下,心里感到无比快慰。

　　事务长看出符若华的心事,便上前鼓励她:"你是我们的负责人,同志们个个都在看着你,现在困难不过才刚开头,你这样愁眉苦脸的怎么行。兵来将挡,水来土掩,还怕没有办法?"符若华听了之后若有所思,一想到阿金叔一直不上来,她就感到有些疑惑:会不会山底下有什么新的情况?于是,她找指导员韩承光商量这个问题。

南岛风云

　　韩承光根据近来的情况,分析山下的情况可能有变化,决定派人下山去和阿金叔取得联系。

　　小春接受任务下山侦察敌情。她来到一棵大树旁,向远处的河边望去,只见老乡们成群结队扛着木头挑着担子向高坡上正在修建的炮楼走去。原来,山下的日军因不断受到游击队攻击,便贴出告示,调集当地老百姓前去修建炮楼,并划界严禁百姓上山砍柴、和山上的游击队取得联系。得知这一情况之后,小春也戴上草帽,混在老乡当中,扛着木头涉水来到河对岸的阿金叔家。

　　晚上,山上的伤员围靠在炉火旁聊天,张强在给大家讲与指导员、小杨他们一起参加的一次激烈战斗,大家都听得入了迷。正当大家聚精会神听的时候,远处传来了几声枪响,韩承光让大家不要慌张,做好战斗准备。符若华担心地问韩承光:"小春会不会出了什么事?"韩承光让事务长去看看。于是事务长赶紧下山去搜寻小春。

事务长在下山搜寻途中,发现受伤的小春正拽着一袋粮食向山上爬来。事务长赶紧跑过去将小春扶起,靠在树边休息。回到营地,小春向符若华汇报了在山下看到的情况。小春告诉符若华,阿金叔转告他们没有什么事千万别下山,会把粮食送上山来,放在山边大树下面,让山上的同志去取。小春讲完之后,符若华分析鬼子现在还没有摸清山上有多少部队,所以不敢贸然上山。

二

两天后,事务长准备按约定的时间下山取粮食。他穿好外套拿好钱和账本,大家都围过来送行,期盼着他早点回来。事务长安抚大家很快就回来,转身匆匆下山。而此时,阿金叔走到约定的山脚下,把背着的粮食刚放好,跟踪而至的日本鬼子就一拥而上将阿金叔逮住。毫不知情的事务长来到大树下挪开树枝,取出一袋粮食,殊不知早已埋伏好的敌人从后面悄悄包抄上来。

敌人出其不意地出现在事务长的身后。没有发现情况的事务长被敌人从背后拦腰抱住,另一个敌人也从侧面扑上来,结果被事务长一脚踹翻。事务长拼命挣脱敌人,飞步向树丛深处跑去,敌人不明就里,在后面只敢鸣枪不敢追赶,只得怏怏地回到军营。敌人军营内,鬼子对阿金叔进行了残酷的拷打,追问山上游击队的情况。阿金叔视死如归,没有对敌人吐露半个字。鬼子中尉恼羞成怒,下令将阿金叔枪毙。阿金叔英勇就义。

逃脱回来的事务长将情况汇报给符若华,符若华心情十分沉重,想到以后的困难会更多,便决定将稀饭留给重伤员吃,其他队员吃野菜。同时,她和事务长决定先不把今天没有拿到粮食的事告诉大家。看到符若华愁眉苦脸的样子,事务长安慰她别灰心,自己再下山上别的村子想想办法,然后将在回来的路上挖的野菜交给符若华,说道:"这东西很不好吃,万一到了实在没有办法的时候,这东西也可以当我们的粮食。"

战士张强见事务长还不回来,准备下山去找。符若华看瞒不住了,只得如实告诉大家目前的情况,激励大家只要相信党,党一定会带领大家克服困难的。小杨听完护士长的话,唱起了革命歌曲《延安颂》。大家群情激昂,跟随小杨一起唱起来。歌声划破沉静黑暗的天空,在丛林中回荡。

事务长决定再去山下西村找找粮食,就来找指导员商量。符若华主动要求下山去找,指导员和事务长都不同意。事务长诚恳地对符若华说:"这是我的责任,这一带我比你熟,这里你比我有用。"张强在一旁也恳求让他和事务长一起去,他可以给事务长做掩护,符若华只得同意。韩承光端起一碗稀饭让事务长喝下去,好补充些体力赶路。事务长百般推辞,要给符若华喝。大家相互推辞。

看到大家都谦让着,不肯喝稀饭,韩承光又拿过一个杯子,倒出一半稀饭,端到两人面前,命令他们喝下去。两人感动地将稀饭接在手里。喝完稀饭之后,事务长要再次下山找粮食了,符若华送出很远,嘱咐他多加小心。事务长和张强下山后,躲过日本鬼子的巡视,顺利地和西山的百姓取得联系。

晚上,事务长和张强扛着筹来的粮食和蔬菜来到河边,打算趁着月色把粮食运过河,然后背上山去。一队在山路上巡逻的鬼子兵发现了正扛着粮袋渡河的事务长,"哇哇"怪叫着举枪下河追来。事务长听到枪声,举着一筐蔬菜加快步子奔向对岸。张强在河对岸掩护事务长过河,举枪射向前来追击的敌人。

就快接近河对岸时,事务长不幸被敌人射来的子弹击中。张强冲过来扶起事务长,事务长要他拿着粮食先走。敌人越追越近,事务长甩出一枚手榴弹,鬼子兵一下子被炸倒几个,追击的速度放缓了许多。趁这机会,张强拉着受伤的事务长,扛着粮袋向山上冲去。敌人摸不清山上的情况,只在山脚下放了几枪,就仓皇往回逃了。

来到树丛中，张强扶事务长靠在树旁，事务长让张强赶快把粮食背上山去，就垂下身牺牲了。

深夜，狂风大作，暴雨倾盆，张强、指导员坐在草棚下默默无语。符若华望着事务长用生命给大家换来的粮食，掩饰不住内心的痛苦，转身跑向自己的草棚失声痛哭。韩承光顶着风雨来到符若华身旁，望着风雨交加的天空说道："只要我们有信心，大队在作战，情况会变的。"韩承光把头转向符若华，"今后我们俩的担子更重了！"符若华点了点头。

在大队长和政委的带领下，八路军大部队在与敌人的斗争中取得节节胜利，给敌人以沉重的打击。在敌人的重要枢纽干线上，八路军摧毁敌军车，炸毁桥梁。敌人对他们的攻势闻风丧胆，无计可施。

大部队营地旁，队员们在休整待命。刘参谋拿着支队总部的命令递给政委，说总部命令大队向东挺进。大队长拿出地图研究起来，决定大队人马立即向东开拔。政委问刘参谋山上伤员的情况，刘参谋回答说，敌人把山包围得很紧。政委考虑到山上的困难，决定再派人去山上联系，并理解刘参谋担心自己爱人的心情。刘参谋说，只希望他们坚持到大部队去接应。

由于受敌人的封锁，山下的群众没办法和山上的同志们取得联系，所以山上伤员们的环境已经非常恶劣了，连野菜也不够吃了。小春难过得哭起来，韩承光耐心地安抚着小春。偏偏在这时，敌人又派飞机对山上进行轰炸，飞机飞过之处，浓烟四起，到处是燃烧的树枝。

林东望着天上的敌机，胆怯地说："不对呀，看样子这两天鬼子要上山呀，在山上不是饿死就是打死，没有第三条路！"云大禄惊愕地看着他。粮食已经没有了，野菜也被挖得越来越少，伤员们只能吃连盐也没有的野菜汤。为了给重伤的指导员补身体，小春和战士小刘准备去打只野兔。途中，小春忽然发现远处有个山洞，就和小刘一起过去察看。

张强在山上实在待不住了，和几个战士来找符若华，向她表明与其被鬼子困死在山上不如大伙一起冲下去和鬼子拼了。符若华严厉地批评张强："怎么只想到死，难道我们就没第二条路了？你们不要忘了我们还有大队！我们是党员，越是这个时候越要稳住大家情绪。现在冲下去的话，大队在哪？"听到他们的谈话，韩承光告诉张强，敌人这两天盲目轰炸是因为他们还没有摸清山上的情况，山下敌人兵力一定也不多，我们的队伍到处打击敌人，敌人没有办法把队伍集中在山下，情况很快就会变的。

这时，小春和小刘把抓到的野兔送到韩承光面前。韩承光问小刘："你们抓野兔就不怕敌人会上山吗？"小刘回答，这么大的山敌人不敢上来，还告诉指导员他们发现了一个山洞，伤员可以在那里隐蔽。韩承光笑道："我们就像兔子一样躲在洞里？"小刘继续说："重伤员躲在洞里，轻伤员分散在几个山头上，东边放一枪，西边扔一枚手榴弹，准把鬼子吓得晕头转向！"

韩承光对张强说："我们要是都积极想办法就不会向困难低头了，为什么要去拼命去送死，这种想法不就是向困难投降吗？"张强听着惭愧地低下了头。谈话间，一个队员报告："林东和云大禄去摘野菜到现在还没回来，是否派人去找？"符若华决定自己去找，叫小春先把指导员扶回去。

其实这个时候，林东和云大禄在一个小树林边商量是否下山，林东极力鼓动云大禄一起下山，云大禄则犹豫不决。远处，符若华高呼着俩人的名字寻找过来，林东赶紧拉住云大禄不让他回应。符若华找不到林东和云大禄，感到事态严重，马上跑回来向韩承光报告。韩承光沉重地说道："要是出了事，敌人很快就会知道山上只有18名伤员。要是他们真下山的话，一定要好好劝他们回来。"于是，符若华准备再次去寻找。

而此刻，林东打着自己的小算盘，其实他心里早就对这种缺衣少食的生活感到厌烦了，他一心想下山向鬼子投降。他还在劝云大禄一起下山，并且大言不惭地说万一遇到鬼子，鬼子叫干什么就干什么，鬼子一定会放他们回家的。云大禄看透了林东的叛徒嘴脸，一巴掌把林东打得倒退几步。看到云大禄向山上走去，林东怕暴露自己，举起拐杖将云大禄砸倒，云大禄拼命抱住林东的腿不让他走。

　　林东好不容易摆脱掉云大禄，却迎面遇上符若华。符若华叫林东和她一起回去，林东借口去山下给大家找粮食，并且执意要下山。这时韩承光呼叫着林东的名字也从山上走来。林东惊慌失措，急于逃跑。符若华上前阻拦，林东凶相毕露，拿起拐杖狠狠砸向符若华，企图逃跑。韩承光见状鸣枪警告林东，林东丢下符若华向山下仓皇逃去。

　　符若华从地上爬起，接过韩承光的枪向林东瞄准，扣动了扳机，林东应声倒地。韩承光因为追赶林东用力过猛昏倒在地，张强和符若华赶紧上前将他唤醒。韩承光因怕打枪暴露目标，便让小春扶他去看山洞，并让所有伤员也转移到山洞里。

　　大家来到山洞，发现这里很宽敞也很隐蔽，韩承光支撑不住想躺下，符若华赶紧拿湿毛巾擦拭他身上的冷汗。韩承光觉得自己快不行了，向符若华最后说道："我不能和你们一块回队伍去继续战斗了，你要挑起这副担子，再怎么困难也要把同志们带回到队伍去，你们要坚持……坚持……"还没等说完话，他就慢慢合上了双眼。符若华悲痛万分。

三

　　山下的大部队勇往直前，与日寇作战连连取得胜利。日寇在八路军的打击下，丢盔卸甲，狼狈不堪。在指挥部里，政委叫来侦察员，让他带一个班去伤员所在的山区摸摸情况，一定要和护士长取得联系,并多带些药品给伤员。

　　小杨高烧不退,不断说着胡话。符若华上前使劲安慰,小杨又昏昏睡去。看到同志们这样,符若华心如刀绞。符若华和张强在洞口商量如何下山去筹集粮食和药品,警卫员过来报告说,远处来了两个人,符若华马上让大家隐蔽好,自己和张强出去看看。

　　只见洞外来了两个老百姓打扮的人,还扛着一袋粮食。一见到符若华,他们便说是阿金叔让他们来送粮食。符若华试探着问阿金叔让把粮食交给谁,一个人回答是大队长。这句话暴露了他们的特务身份。符若华当场喝令让他们把手举起来,两个特务还蒙在鼓里,张强上前在一个特务身上搜出了枪。其中一个特务见势不妙,转身就往回跑,被云大禄举枪击毙,另一个被其他战士扭住。符若华坐下来审问这个特务。

　　符若华首先问鬼子认为山上有多少人。特务说,鬼子估计山上有一个大队两三百人。符若华接着问鬼子现在有什么行动,特务回答吞吞吐吐。于是,符若华假装命令枪毙他,特务吓得赶紧说出实情。原来鬼子因战事吃紧全都撤到西村炮楼了。东村只有几个和平军在把守。根据这一情况,符若华决定自己下山到东村去。

　　经过开会商量同意以后,符若华嘱咐张强留下来保护剩下的伤员。然后她把指导员留下的笔记留给张强,让他保管好,并且提醒大家不要担心,安心在山洞里等她回来,有什么事情听张强的安排。最后她把剩下的草药交给小春,让小春以后帮同志们换药。安排好一切事务后,符若华匆匆来到山脚下。

　　山下只有几个鬼子在巡逻,符若华迅速冲破鬼子的警戒线向河边跑去,鬼子在后面疯狂追赶,符若华甩出手榴弹在敌人中间炸开了花。当日寇追到绿树掩映的小溪边时,符若华伏在水中,等追赶的鬼子走远了,她才从水中直起腰来。符若华一直坚持到夜晚,才趁着夜色掩护,向东村方向摸去。在山脚下,符若华无意中遇到了

金大妈,两人激动地拥抱在一起。符若华问金大妈怎么会上山来,金大妈说鬼子昨天半夜全部开拔走了,敌人炮楼里只留下一些伪军,所以赶紧上山来给大家送药和粮食。

  符若华和金大妈两人赶紧回到山上。金大妈告诉大家说:"我们的队伍马上就打回来了。"听到这个消息之后,大家顿时异常兴奋。在历经磨难,坚持了一个多月后,终于盼来了这一天。第二天,阳光明媚,符若华收拾行装带领大家精神抖擞地下山来和大队会合。

  这时候,大部队已经来到山脚下了。政委和大队长走在队伍前面,向下山来的队伍迎去。山上的全体队员全副武装,列队站在政委和大队长面前,他们非常高兴自己终于回到队伍中,与朝夕相伴的战友一起打击日本侵略军。大家会合在一起热烈地拥抱欢呼。刘参谋紧紧地握着符若华的手,深情地望着她,一时间千言万语尽在不言中。政委上前和张强、小春等战士握手,为这些具有钢铁般意志的战士而骄傲。

  随后,符若华神情凝重地拿出指导员留下的笔记和事务长的账本交给政委,政委郑重地接了过来。政委深情地看着手上的笔记本和账本,心情非常沉重。他为失去这两位优秀的同志而感到难过,又因为他们为了其他队员能够坚持下来而付出的努力而感到骄傲。

  大队长向大家说道:"同志们辛苦了,在这段日子里,由于你们忠于党,忠于我们伟大的革命事业,在护士长的领导下,终于战胜重重困难回到了队伍。你们这种坚毅不屈的精神,正是我们人民军队所特有的性格。"符若华激动地倾听着大队长的讲话,政委过来祝贺她胜利地完成了这次任务。经过这次洗礼，大家都感受到只要抱着这种革命精神，任何敌人都不能战胜自己。

影评选粹

正视历史·视觉冲击

本影片选材角度新颖：一个身为护士长的弱女子带领着一支18人的伤兵队伍，在缺衣少食、敌兵围追堵截的情况下顽强地存活下来。通过对这一过程的描写，成功地塑造了女护士长充实饱满的人物形象。导演并没有像此前文艺作品那样刻意地回避革命队伍内部的冲突和分化，显示了敢于正视历史、正视生活的现实主义勇气。

影片在画面造型方面很有表现力，恰如其分地运用了音画结合与移动镜头（摄影机随水平面做不同方向的移动）。镜头的结构严谨多样，同一画面出现了焦点左实右虚的别致镜头。很有气势的大距离运动镜头，富于感染力的短空镜头，令画面有节奏感和视觉冲击力。

影片中的音乐和音响的运用也比较好，悲情的、愉悦的、高亢的曲调适时交替出现，对情节的发展起到了推波助澜的作用。

精彩回放

电影中表现符若华柔情的一面的场景：符若华给伤员们换完药，拖着疲惫的身躯来到自己的草棚前，抬头看到挂在房檐前的女儿的照片，拿到手里久久不愿放下，心里感到无比快慰。

导演通过这一镜头的细腻刻画，将坚强刚毅的符若华柔情似水的一面展现给观众，表现出符若华对亲人深深的爱意。

野火春风斗古城

请想想多少中国人在日寇的铁蹄下呻吟，多少中国人被弄得家破人亡、妻离子散……

——为了说服伪军团长弃暗投明，杨晓冬说道

影片档案

出品：八一电影制片厂
编剧：李英儒　严寄洲
导演：严寄洲
主演：王晓棠　王心刚　陈立中

荣誉成就

在 1964 年第三届大众电影百花奖评选时,同时扮演金环与银环两个角色的王晓棠被评选为最佳女演员。受当时"以阶级斗争为纲"的政治形势的影响,此届百花奖夭折,但金环、银环的艺术形象却长久地活在中国电影观众的心中。

影片史料

1943 年以后,日军由于发动太平洋战争而导致自身陷入困境,在中国的兵力部署紧张。正是在这种情况下,中国共产党派出一批地下党员打入伪军内部,通过对那些怀有爱国之心的伪军将领做工作,争取他们的支持,从而达到给日军军事部署和整个伪治安军以致命的打击的作用。本故事就是发生在这样的背景下。

剧情故事

一

一个冬天的夜晚,封锁沟的土坡上出现了两个人,一个是农民装束的区武工队梁队长,他身后跟着的戴大礼帽的,是党派往省城的地下工作者杨晓冬。他们悄悄地进入一个村庄,与交通员金环接上头之后,梁队长就回去了。

银环按照金环的指示将杨晓冬安顿到韩燕来家,这样一来,住的问题算是解决了,剩下的就是户口和证件的问题。韩燕来表示户口的事情,他可以找同院苗先生想办法,银环连忙说她去搞证件。为了证件的事,银环找到高自萍。高自萍见银环来,高兴地拿出一张很精致的请帖说:"高大成被提升为保安司令了,今晚举行宴会,咱俩一块儿去好吗？这是个拉拢上层关系的好机会。"

银环将高大成升任保安司令的情况以及高自萍要她参加宴会的事向杨晓冬做了汇报。听了银环的汇报后，杨晓冬告诉银环治安军里有一个团长叫关敬陶，根据此人的出身和他的历史，值得做做工作。他指示银环借这个机会去观察一下关敬陶的情况。

高大成的官府里灯火通明，高自萍和银环坐在靠后的席位上，他们小心地注意观察着周围的情况。只见在敌伪人员与女人们的嬉笑吵闹声中，关敬陶夫妇端正地坐着，表现出淡漠的神情，与周围气氛格格不入。

此时伪保安司令高大成站到首席上，扯开嗓子喊道："民国二十七年跟我干过'皇协军'的举手！"当时就有几个伪上校军官举起手来。高大成又得意地问："民国二十九年的呢？"接着又有一批伪军官举手站起来。高大成得意地说道："好啊，顶小的都当上连长啦！连长，连长，半个皇上，大炮一响，黄金万两。"接着就发出了破锣似的笑声，大家都跟着鼓掌捧场。唯独关敬陶看不惯这种场面，显出冷淡的神色。他的妻子小桃用祈求和忠告的眼光望着他，关敬陶这才勉强地鼓了几下掌。

关敬陶的冷漠态度，引起了高大成的注意，他特地走到关敬陶跟前嘲讽地说："关团长，你跟他们当然不同，是军官学校出来的，可你这两杠三花是怎么扛上的？"特务队长兰毛在一旁帮腔说："还不是跟上司令后扛上的嘛！"银环一直在注意观察，对关敬陶的举动表情看得清清楚楚，心想杨政委的估计果然不错。

宴会结束后，银环把所观察的情况仔细汇报给杨晓冬。杨晓冬思考了一下说："关敬陶这个人可以考虑争取过来。高大成这几个团中真正能打几下的还得是关团，如果我们能把关团的工作做好，就可以把整个'治安军'给打乱了。"写完报告后，他掏出一支自来水笔，拧开尾部，把纸卷塞入，然后又拧好，嘱咐银环说："这是给肖部长的报告,今天就送出去,等他的批示来了,我们就可以按计划行动了。"

银环打扮成一个农村姑娘,来到一个村庄。她按照联系的暗号,将情报交给杨大娘。经过一番谈话之后,银环才明白原来这位可敬可爱的老人家就是杨晓冬的母亲。杨大娘招呼银环坐在炕上,自己边纺线边和银环聊起家常来。老人伸出左手给银环看,语重心长地说:"我活了多半辈子,就这

么一件心事,几时这戒指能戴到俺儿媳妇的手上,我就放心啦……"这一夜,杨大娘和银环一直谈到天亮,她们之间已经有了母女般的深厚感情。

趁着伪军官们都在家里过年,杨晓冬连夜写了许多封信,向他们宣传共产党的政策,劝他们赶快弃暗投明。最后一封信是写给关敬陶的,杨晓冬嘱咐银环道:"这封信你必须亲自送到。"

信送到关敬陶手里时,正是旧历年的除夕。当关敬陶抽出信一看,立刻脸色大变,他忙扔给小桃说:"快烧掉!"小桃正要将信扔进炭盆,关敬陶突然又抢回去。关敬陶看完信后,长叹一声,浑身无力地倒在沙发上。他心神不定地思考着:自己在高大成手下的确是很不得志,可是投奔共产党,目前还没有这种必要。于是他站起来,慢慢地将信丢进火盆。

银环送完信,同杨晓冬、小燕一起高高兴兴地包着饺子。不一会儿,韩燕来穿了一身伪军服装推门进来。原来韩燕来已经按照杨

晓冬的指示打进了伪军关团的一连。他告诉杨晓冬，两个伪军已经和他拜了把兄弟，他们合计在元宵节把全班拉出去，参加八路军。杨晓冬肯定了他的成绩，又进一步开导他说："你的工作必须再深一步，启发更多的人，让他们看清前途，为我们瓦解'治安军'，为保护麦收做准备。你要起到的不是一颗子弹的作用，而是一颗炸弹的作用。"

二

　　武工队梁队长打了个伏击，抓了好多抢粮的伪军，关敬陶也被捉住了。此时金环收到肖部长的信，指示他们为了争取关敬陶起义，达到瓦解"治安军"的目的，对关敬陶进行教育后就放掉。金环走进了押着关敬陶的小屋，关敬陶借着要水喝的机会，请金环救救自己，并且说只要你救了我，你要什么都行。金环听了关敬陶的话后，将碗使劲往桌上一放，厉声说道："我要你的良心，你有吗？关敬陶，你的老底，我们一清二楚，你原是北京的大学生，七七事变后，你投奔了汉奸齐燮元，才考进了清河军校。"

　　关敬陶分辩道："我至多是为了混碗饭吃，你们可以打听我关某的为人。"金环霍然站起，严肃地说："不用打听我们也知道，去年到八里庄扫荡有没有你？到千里堤抢粮有没有你？这就是你关某的为人！"金环有力的责问使关敬陶无言以对，关敬陶对自己曾做过的事感到愧疚。

　　梁队长朝天空鸣了两枪，然后装作去追捕关敬陶和小秦，趁机把他们放了回去。事情办完后，金环决定明天一早进城去向杨晓冬汇报。梁队长想到这次伏击后，敌人定会有所行动，就嘱咐金环明天进城要特别警惕。不料，躲在一边的兰毛把他们两人的谈话都窃听去了。第二天清早，金环挎着一篮鸡蛋来到城门口，被守候在此的兰毛给逮了个正着。

金环被捕后受尽折磨，但是她没有透露一丁点消息。突然，兰毛将关敬陶带了进来。原来关敬陶被释放回来后，高大成和日本特务头子多田对他有怀疑，就把他看押起来，现在让他来和金环对证。金环借着整理散在额前的短发，拿起簪子向前来逼供的多田喉部刺去，多田痛得跌倒在地上。金环急忙抱起花瓶准备向多田砸去，惊慌失措的多田急忙掏出手枪，向金环连发数枪。金环倒在地上，花瓶摔得粉碎。英勇坚贞的金环同志为党、为人民流尽了最后一滴血。

银环跑到韩家，先向杨晓冬汇报了她和关敬陶的这次谈话，然后汇报了关敬陶告知近期要进行大搜捕的消息。杨晓冬判断说："这是敌人有计划的行动，因为夏收快到了，敌人要下乡抢粮，所以先在城里来个大搜捕。我们要特别警惕！"接着，杨晓冬告诉银环新的联络地点和时间，并让银环换个地方，以免引起敌人的怀疑。就在这个晚上，高自萍在回家的路上被两个特务抓住。一番威逼利诱，高自萍为了保全自己的性命，竟违背良心，出卖了同志，充当了特务的狗腿子。

两天以后，正是银环和杨晓冬相约在大觉寺接头的日子。银环从医院出来，小桃告诉银环说你们的一位老同志被捕了。银环心中有一种预感，这个同志可能是杨晓冬的妈妈杨大娘。小桃通过自己姨妈的关系将银环领到一间屋子里。银环借着从窗户外射进来的光线，看见了熟悉的老人背影。她不觉呆住了：天哪，真是她老人家！原来，在大搜捕那天的夜晚，杨大娘也遭到了敌人的毒手。

银环飞奔到床前，颤声喊道："杨大娘！"热泪夺眶而出。杨大娘强忍悲痛说："孩子，别哭，告诉冬儿，别惦记我，叫他把孝敬我的那份心肠，给受苦受难的老百姓吧！"杨大娘说着，从自己的手指上脱下了那只闪闪发光的红心戒指，用真挚的眼光望着银环说："孩子，你……"她本想说让银环接受这只戒指，可是不知道姑娘心里愿不愿意，便又改口说，"把它带给冬儿吧！"这时小桃的姨妈催促银环离开。于是银环匆忙接过戒指套在自己的手指上向杨大娘告别。

　　银环在路上碰到高自萍，她不知道高自萍已经叛变，便毫无戒备地将杨大娘被捕的事情告诉给他，并且在高自萍的打探下将杨晓冬和自己接头的地点和时间也告诉给他。高自萍借口找朋友帮忙，跑向电话间向兰毛告了密。

　　等到心情平静一些之后，银环突然觉察到高自萍举止行为和平常有些不同，特别是出去打电话时那副神色慌张的样子，更引起了她的怀疑。于是她走到门边，暗中观察高自萍，恰好发现高自萍正在向兰毛告密。银环知道自己落入了叛徒的圈套，不觉打了个冷战，她抡起手臂，使尽全身力气，狠狠地向高自萍的脸上打了过去，然后返身往外就跑。

　　银环冒着大雨，不顾一切地向前奔跑着。正巧和韩燕来撞了个满怀，银环急急忙忙把高自萍叛变的事告诉了他。她要韩燕来在这里守候高自萍，严厉惩处这个叛徒。过了一会儿，高自萍这个出卖革命者的凶手和叛徒，得到了应有的惩罚。

　　大觉寺的门前，一伙特务架着杨晓冬上了汽车。银环一时感到天昏地转，两眼发黑，她拖着颤抖发软的双腿在街道上走着，不知不觉走到韩燕来家。韩燕来责备银环不长心眼，并且气愤地说道："叫我说，出卖老杨的是他，可也是你！"气话说完，韩燕来渐渐冷静下来，与银环共同商量办法。韩燕来对银环说："你去请示肖部长，我出去打听关押老杨的地点，我们先摸清情况再说。"

　　夜晚，遍体鳞伤、血迹斑斑的杨晓冬被特务们悄悄送到了高大成的办公大楼。不一会儿，大厅的门又一次打开，杨大娘走了进来。杨晓冬猛然见到自己的母亲，才知道母亲也遭到了毒手，他心头泛起一阵隐痛。杨大娘见儿子被敌人折磨成这样，犹如万箭钻心。这时，高大成威逼杨晓冬在"自首书"上签字。

杨晓冬看出敌人想利用骨肉关系来威逼他投降,他大义凛然地拒绝签字。高大成冷笑一声说:"我今天叫你娘俩倒替着受罪,看你签字不签字。"杨晓冬不顾敌人的威胁,激动地对杨大娘说:"娘!你的儿子,作为一个共产党员,没有做出什么对不起革命,对不起人民的。只是对你老人家不但没有什么报答,还受我的连累!"杨大娘懂得儿子的心意,她用疼爱和自豪的语气说:"冬儿,别这么说,娘为养你这样的儿子觉得露脸,娘不后悔!"

杨大娘接着又说:"冬儿,你从前说过,将来人们都会过幸福的日子,娘多么想看见这一天!"杨晓冬充满信心地说:"娘,会有这么一天的!"杨大娘紧紧抱着儿子的身体。从儿子的肩后望去,她望见了门外那空空的凉台,顿时生出宁拼一死、决不受辱的主意。她坚定地对自己的儿子说:"冬儿,好孩子,娘信得过你!"

突然,杨大娘松开搂紧儿子的双手,迈起又快又稳的步伐,奔向凉台,跨出栏杆,纵身跳了下去,光荣地牺牲了。全场的人都被杨大娘的英勇行为镇住了。关敬陶用充满了敬仰和惋惜的眼神望着空空的凉台,心里非常震动。这是继金环牺牲后,他再一次受到活生生的教育。

高大成这次的审讯阴谋没能得逞,只得将杨晓冬暂时收押在关帝庙监狱。外面的同志听说了杨母牺牲的消息,都十分悲痛。周大伯与监狱做饭的老赵头是拜把兄弟,于是他通过这个关系探听到收押杨晓冬的地点。银环立即按照肖部长的指示,和周大伯商量营救杨晓冬的计划。

三

阴暗的监牢里,伤痛像小虫一样啃啮着杨晓冬的全身,但他仍旧思念着狱外的同志。这时,牢门忽然打开了,周大伯端着饭进来,他用手指着上面一个窝头,语重心长地说:"这窝头是刚出笼的,趁热吃吧!"杨晓冬领会了周大伯的意思,忙掰开窝头,从里面取出一个小纸卷,见上面有银环写的字:"夜里有人来,希配合行动。"

夜,终于来临了。忽然韩燕来走了进来,喝得醉醺醺的看守一看是自己人,就没有吭声。为了让韩燕来听到他在这间牢房里,杨晓冬随手将破碗朝牢门上的小窗口扔了过去。这一来,激恼了看守,他摇晃着身子走近监牢查看究竟,这时韩燕来走到他背后,举起枪柄,向他脑后猛砸过去,这个家伙连哼也来不及哼一声就倒下了。

韩燕来打开牢门,扶着杨晓冬说道:"快走,咱们穿过伙房,周大伯在那儿等着呢!"这时兰毛奉高大成之命来提审杨晓冬。当他走进监牢一看,知道事情不妙,便大声喊着:"犯人跑了,不好了,犯人跑了!"韩燕来趁这空隙,迅速地把杨晓冬扶送到最后一层铁门,在周大伯的接应下,他们顺利地逃出了监狱。

而此时,武工队梁队长和队员们早已化了装,守候在监狱门外。一看到杨晓冬和周大伯出来,梁队长赶紧将杨晓冬扶上早就准备好的人力车。车子拉到一条胡同口,银环已在这里焦急地等着,见杨晓冬过来了,她连忙把一件衣服盖在他身上,叮嘱他们快出城。

这时几个伪军持枪,拿着电筒,已经从后面追了上来。为了迷惑敌人以便掩护杨晓冬脱险,银环连忙向前跑去,慌乱间她跑进了一条死胡同,后面追赶的伪军就寻声追进了死胡同。当他们一看是个姑娘,不是逃跑的"犯人",只是随便地将她盘查一番。为了拖延时间,银环装作害怕的样子,半天才掏出证件说:"我是市立医院的护士,刚值完夜班回家,我以为你们是土匪,所以吓得跑了。"伪军无可奈何地走了。

在同志们奋不顾身的营救下,杨晓冬终于逃出虎口,隐蔽在韩家的一间小屋里。银环细心地为他护理伤口。杨晓冬温柔地望着替自己包扎伤口的银环,偶然间,他发现银环手上的红心戒指,惊奇地愣住了。银环感觉到他的目光,低头望着手上的戒指。

在长时期共同工作中,银环对杨晓冬很敬佩,同时也逐渐产生了爱慕之情。但现在不是谈这种问题的时候,于是银环将戒指脱下,递给杨晓冬说:"这是杨大娘她……她给你的。"杨晓冬接过戒指,一时间母亲那坚定、慈祥的面孔出现在他眼前,他深知母亲既然将戒指交给了银环,说明她已经选中了这位姑娘,而他自己也十分愿意把它戴在银环的手上,可现在不是考虑个人问题的时候。他没有多说什么,只默默将戒指收下了。

正在这时,一伙伪军闯进院来要进小屋搜查,正当这紧急关头,关敬陶恰巧路过这里,发现院内正在吵嚷,顺便走进来查看。银环赶忙机警地说道:"这位长官,你的弟兄随便抓人,你管不管?"关敬陶走到床前,掀开被子一看,此人正是他们正要搜捕的杨晓冬。关敬陶考虑自己有诺言在先,他想今天正是自己报答他们的时候,于是默默地走了出去。关敬陶走出小屋后对伪排长训斥道:"一群废物,为一个病人,耽误这么长时间,快往前搜!"伪排长见长官发令,乖乖地带着部下走了。

当杨晓冬听说刚才那个军官就是关敬陶后急忙坐起来说:"我们要抓紧时机,趁热打铁,去做关敬陶的工作。"于是当天晚上,银环陪着杨晓冬来到关敬陶家。杨晓冬首先感谢了关敬陶的帮助,然后开门见山地说:"关团长,是时候了,现在摆在你面前的只有两条路,要么给敌人卖命,要么率团起义,第三条路是没有的。"

关敬陶知道杨晓冬的话很有道理,但他还是拿不定主意。于是他掉转话头说如果外面不安全,就请杨先生住到他家去。杨晓冬感激地说自己的身体算不了什么,应该关心的是国家的兴亡、民族的安危。为了帮助关敬陶打消顾虑,杨晓冬列举了事实:"请想想多少中国人在日寇的铁蹄下呻吟,多少中国人被弄得家破人亡、妻离子散……"关敬陶一面听着杨晓冬激励的言辞,一面浸入了沉重的回忆:他的眼前一会出现了凶蛮的日寇;一会又出现高大成和兰毛狂傲、嘲讽的丑态;最后浮现在脑海的,是金环和杨大娘牺牲前的情形。

关敬陶思前想后心里正起伏不安,这时小桃从内室走出来,激动地对他说:"人家都是为咱们好。这样下去,万一被高大成知道了怎么办?你要是有个三长两短,叫我怎么……"小桃说不下去了。现实的教育和切身的处境,使关敬陶终于下了最后的决心。于是大家重新坐下,开始商议起义的计划。

几天之后,"治安军"各团奉了高大成的命令,出发抢粮去了。关团奉命在城外的一座旧庙里待命,关敬陶趁此机会向各营营长宣布了他的起义计划。一个伪营长说:"太急迫了吧,不少人还有家庭拖累呢!"早已来到庙里的杨晓冬这时对这个伪营长说:"家眷的事不用操心,我们已经派人接去啦!"那个营长继续说道:"我们倒好说,可是弟兄们……"一语未了,韩燕来站出来说:"我们一连的弟兄坚决投奔八路军。"接着其余士兵纷纷表示说:"我们都没说的。"人心所向,形势所逼,伪营长无话可说了。

此时,庙门外忽然开来几辆摩托车,原来是兰毛奉高大成之命,带了一帮便衣特务监视关敬陶来了。兰毛阴险地宣称:"司令的意思是怕你们遇到什么麻烦,特地让我来保驾。"说完就大模大样地坐了下来。关敬陶生气地指责说:"高大成让你来督阵吧!"兰毛威胁关敬陶,让他识相点,免得后悔。这时杨晓冬掀开门帘从内室走出来喝道:"你还想怎么样?今天就叫你来得,去不得!"

兰毛一见杨晓冬惊恐万分,急忙掏出手枪,准备向杨晓冬开枪,关敬陶眼明手快,向兰毛连开两枪。兰毛中枪倒地,这个为虎作伥的恶魔终于受到了应有的惩罚。与此同时,庙门外也响起了一片枪声,原来是武工队缴了特务们的枪。

关敬陶已经得到消息,高大成就要率领人马出城。他问杨晓冬如何对付,杨晓冬说:"你们按照计划立即进山,肖部长已经派部队在迎接你们了,这里由我负责掩护。"关敬陶率领起义的大队人马浩浩荡荡地进山去了。

一场惊心动魄的斗争结束了,杨晓冬又接受了新的斗争任务,调到新的地区去工作。在一个朝霞绚丽的早晨,杨晓冬和银环在河堤话别。分手的时候,杨晓冬拿出一个纸包,慎重地交给银环说:"这个……给你。从现在起这里的工作就交给你了。"银环用坚定、兴奋的眼光望着杨晓冬,慢慢接过了纸包。银环握着纸包,忽然觉得纸包里有一个硬东西,她急忙打开来看:啊,红心戒指!这闪闪发亮的红玉石,替杨晓冬说出了还没说出的话。

朝阳已在东方升起,映红了半个天空,杨晓冬正大踏步地向前走去。银环默默自语道:"老杨,我们如果能够继续在一起工作那该多好啊!为了搞好工作,我一定学习你对党、对革命的无限忠诚,学习你的坚定、果敢、革命到底的精神。"

影评选粹

平实朴素·地下斗争的画卷

　　本片根据李英儒同名小说改编而成。影片以争取关敬陶起义为主线,描述了抗战时期华北某古城地下党组织对敌人进行策反斗争的故事。影片用平实朴素的叙事方式,以粗线条勾画和工笔描绘两种方法结合,力求准确而又多姿多彩地再现当年地下斗争的画卷。

　　影片以杨晓冬和银环等地下党员在敌人内部开展工作为线索展开剧情。通过精练细腻的艺术笔触,既表现出银环热情、善良、忠贞的一面,又表现出其莽撞、幼稚、脆弱的一面,从而使人物形象更加丰富、真实。

精彩回放

　　地下党负责人杨晓冬和他的母亲被捕后,日本人的走狗高大成使出最毒辣的计谋:让杨晓冬母子轮流看着对方被拷打,从而达到摧毁共产党人的意志、逼出口供的目的。然而,为了不让儿子替自己担忧,坚决同敌人斗争到底,杨母毅然跳楼自尽。

　　于是银幕上一个大义凛然的英雄母亲形象高高耸立在观众面前。影片放映到这里,我们就可以看出杨晓冬在敌人面前威武不屈,铮铮铁骨,而在自己母亲面前却又充满着爱母温情。这体现出影片的主旨,共产党人对仇者恨、亲者爱的饱满感情。

> 在中国的土地上，绝不允许你们横行霸道！
> ——李向阳击杀日寇松井前怒斥道

平原游击队

影片档案

出品：长春电影制片厂
编剧：邢 野　羽 山
导演：苏 里　武兆堤
主演：郭振清　张 莹　杜德夫

荣誉成就

本片荣获文化部 1949—1955 年优秀影片三等奖。

影片史料

1941—1942 年，日伪军在华北推行了五次"治安强化运动"。在占领区内，日军整顿和加强伪军、伪政权，推行伪化统治，搜捕地下抗日组织；对抗日根据地和游击区，或进行小规模军事进攻，或实行经济战，或进行"治强战"，即以全面"扫荡"为主实施"治安肃正"计划。

为粉碎日伪军的"扫荡""蚕食"和"治安强化运动"，巩固和扩大华北抗日根据地，中共中央北方局和八路军总部根据中共中央和中央军委制定的方针、政策，结合华北对敌斗争的实际，做出一系列重要指示。1941 年 3 月，中共中央北方局明确提出了深入敌后去开展敌占区工作的方针，并具体指出开展敌占区工作的特点、方式和方法。

剧情故事

一

1943 年秋天，侵华日军为了解决给养不足的困难，拼凑了 4 万多兵力，对八路军敌后抗日根据地发动了毁灭性的"扫荡"。为了粉碎日本侵略军的阴谋，华北抗日根据地的军民，在共产党的领导下，英勇顽强地进行反扫荡。就在这反扫荡最紧张的时期，八路军游击队队长李向阳接到上级的指示，要他立刻到分区司令部去接受一项新任务。

李向阳带着通信员小郭日夜兼程，飞马穿过敌占区，前往军分区司令部接受紧急命令。李向阳气喘吁吁地赶到司令部，司令员命令他立刻带队深入冀中平原，具体任务是牵制即将向山区增援的日寇松井部队，保护当地的几十万斤公粮。

游击队驻地，李向阳和参谋长钱大友具体研究对敌行动的策略，决定兵分两路。

傍晚，钱大友带着队伍向县城以北出发。李向阳带着6名精兵强将，向县城以南的李庄出发。李向阳他们在夜幕的掩盖下，穿过日军的哨卡。负责给日军打更的张大爷见到游击队来了，心里别提多高兴了。他每次都掩护游击队悄悄进城，这次也不例外。

李向阳喊住张大爷说："我们过去以后马上去炮楼报告，就说八路军下来了。"

"干吗这么着急？"张大爷不解地问。

李向阳笑着说："早一点告诉敌人，好拖住他啊。"说着就领着大伙儿向李庄奔去。在路上，几人遭遇小股伪军，与之发生交火，缴获了敌人所有武器装备。

与此同时，日军司令部里，松井听完报告之后，判断李向阳带队下山是为了粮食。他估计城南、城北的交火声只是八路军的疑兵，李向阳可能已经带队去了西边的刘家村。他马上命令副官集合队伍去刘家村，以为这次可以一举两得，铲除李向阳，获得粮食。

李向阳等人并没有如所料，而是路程不变，继续向李庄进发。李庄在这片地区，抗日工作基础最好，并存放着大批公粮，李向阳的家也在李庄。李向阳的母亲孤身一人在家,她刚从地道里爬出来,就听到有人在敲门。她以为是鬼子来了,战战兢兢地走过去打开门,没想到门口站着的原来是自己的儿子李向阳。老人家高兴得眼泪都流出来了,连忙招呼同志们进屋坐。

乡亲们听说李向阳带着游击队回来了,都陆陆续续地来到李向阳家中。区委书记和村长也来了,李向阳向他俩说明了这次来的任务。大家开会决定先放下地道的工作,连夜将粮食转运出去,支援山里的同志们更有力地打击日寇。

李庄的反动地主杨老宗听说李向阳带着游击队回来了,连夜进城给松井报信去了。在半路上,杨老宗遇上了松井带领的大批鬼子。他赶忙向松井报告:"太君,李向阳在李庄,他们大概是要运粮食。"于是,松井立即带领队伍奔赴李庄。

拂晓前,日寇大队来到李庄村口。松井打算利用双层包围的战术围剿李向阳等人。他命令伪军为内层,日军为外层,团团包围李庄。村头,负责放哨的游击队员将日寇的行动尽收眼底,急忙向李向阳家跑去。李向阳得到消息后,沉着应对,先组织群众转移进地道。然后,李向阳思索了一会儿,笑着对游击队员说:"双层包围,这是松井的老一套。依我看,松井人多,我们人少,咱们这么先打他一下……"说着,向众游击队员进行详细部署。

随后,李向阳带着两名游击队员,从村口的一个地道口爬出来,刚好出现在伪军的后面。李向阳看到伪军端着枪向村子里前进,对着伪军的队伍抬手就是两枪,旁边的游击队员小郭也扔出两颗手榴弹。予敌人一定杀伤后,李向阳和游击队员们马上撤回地道里。

由于距离黎明还有一段时间,周围依旧是一片漆黑。伪军被这身后的突然袭击吓蒙了,转过身就是一阵猛打。一颗子弹飞来,打倒了松井身边的一个日军。松井见自己人被打死,又听到喊声和枪声,以为是游击队突围了。他指挥着日军发起冲锋。霎时间枪声大作,伪军和日军对打了起来。直到天亮，敌人才发现上了李向阳的当。

松井吃了闷亏，咆哮道："进村！"日寇扑到村里，四处搜寻，既没有找到一个人，也没有发现一点儿粮食。

地道里，李向阳得不到一点上面的消息，于是派遣武勇贵上去同松井周旋，帮助游击队打探消息。伪军把武勇贵带到松井的面前，松井逼问李向阳等人的下落和粮食藏在什么地方。武勇贵一脸无奈地说自己什么都不知道。伪军队长举起手枪威胁道："不说，我就枪毙了你。"

这时，松井喊住伪军队长，然后问武勇贵："李向阳他们钻地洞了吗？"

"你看我知道了能不说吗？"武勇贵继续装作毫不知情的样子。

松井盯着武勇贵说："你要是能说出来李向阳在什么地方，马上给你金票一万块。"

武勇贵笑着说："这钱倒不少啊，可是我是真的不知道。"

"集合老百姓吧！"松井拍拍武勇贵说。

武勇贵在村里一边敲着手中的铜锣，一边喊着："老乡们，皇军要开会，快点儿出来。"当他走到李向阳隐蔽的地道口时，悄悄地把鬼子的情况告诉了李向阳。

李向阳得到鬼子的消息后，和同志们讨论怎样才能把鬼子调离李庄。老海说："前几天西庄炮楼需要一个做饭的，来催过几次。"

"西庄炮楼控制着周围十几个村庄，是个重要据点，如果把它拿下来，松井在李庄就待不住了。"李向阳想了想说。大家都赞同这样做。老海和一个化装成伙夫的游击队员通过地道走出李庄，向西庄炮楼走去。

二

到了炮楼跟前，站岗的伪军问老海："你是来干什么的？"

老海喊道:"你们小队长让我找个做饭的,这不是送来了。"走过桥头他将手中的礼物递到哨兵手里。

老海和游击队员来到炮楼的第三层。老海走到赌桌前,向正在打牌的伪军小队长说:"队长,做饭的来了!这是县里面一位有名的厨师,是赚了钱回家来娶媳妇的,叫我给你拉来了。"

伪军小队长胡乱应了两声,连看都不看,只顾赌钱。

老海忙从口袋里掏烟给小队长,然后扭头给游击队员递了一个眼色,问:"有没有洋火?"

"有!有!"游击队员假装掏火柴,把一沓票子从口袋里带了出来。

伪军小队长看着地上的钱,眼睛都发出光来,说:"来,来!咱们玩会儿。"说完,赶走另外两个赌博的伪军,同化装成伙夫的游击队员赌上了。

与此同时,正在李庄搜寻游击队的日伪军全在村子里找寻地道。松井和伪军队长让武勇贵带路来到李向阳家中找地道。地道中,李向阳和游击队员聚集在地道口,听着上面传来的棍棒戳地的声音。

松井问武勇贵:"他们家有地洞吗?"

"我看不会有,就是有也不会挖在他家里,他们才不傻呢!"武勇贵赔笑着说。

伪军队长扭过头说:"我不信,太君,还是先搜吧。"

伪军队长找寻了一番后,来到灶台前,准备端起那口锅。灶台下面就是地道的入口,武勇贵机警地打烂墙上的瓦罐,伪军队长赶忙拔枪紧张地搜索着周围。松井大骂道:"慌什么,一个李向阳就把你们吓成这样!"武勇贵迎着笑脸走到松井跟前说:"我看这里没有洞。"松井对着伪军队长说:"派人在村子里挖。"鬼子这样挖下去,早晚要挖开一处地道的。

谁知,没等鬼子自己挖,反动地主杨老宗主动告诉松井:"我在家里也挖了一个洞,是防备八路军的,可太巧了,和他们的地道挖通了，我怕他们发觉，赶紧给堵上了。"松井听到这个消息，眉开眼笑地命令其他人去地主家把地道挖通。

西庄炮楼里，老海趁着伪军小队长数钱的机会，上前一把掐住他的脖子，结果了伪军小队长的狗命。而游击队员并没有在三层多做停留，他一手端着手枪，一手拿着手榴弹冲到楼下，十几个胆小怕事的伪军乖乖地举手投降了。随后他们把炮楼点火烧了。

松井正在监视找地道，忽然，一个伪军跑来报告："西庄炮楼叫李向阳烧了！"松井赶忙爬上房顶拿望远镜一看，愣住了。伪军队长问松井怎么办，松井狐狸眼睛一转，得意地说："这是李向阳的调虎离山之计，不理他，看他怎么办。挖，给我继续挖。"

李向阳率领游击队打算在半路伏击鬼子，等了很长时间都没见鬼子从李庄出来的动静。这时，打更的张大爷送来了上级的秘密情报。信上写道："根据确实情报，敌人已向平原地区催调粮食和援兵。你部除坚决牵制住松井部队外，必须迅速破坏敌人往山区的运粮计划，此外山区我部队急需粮食，速将粮食运往山区。"武勇贵从地道里钻出来，说："向阳，不好了，杨老宗家有个洞通向地道，鬼子正在挖，快想个法子。我走了。"

游击队员们纷纷要求主动打进村子消灭鬼子。李向阳并没有冲动地和日寇正面交锋，而是冷静地思考着。最后决定趁鬼子主力都在李庄，李向阳带着两名队员化装进城把松井的司令部翻个底朝天，逼松井离开李庄。

李向阳带着老海、虎子神不知鬼不觉地进了城。他们来到一个小饭馆，与饭馆中做跑堂的地下工作者接上了头。就在这时，两名特务闯进了饭店，不断地盘查着每一个顾客。当他们来到李向阳坐的桌旁时，特务问："进城干什么的？"

李向阳给老海使了一个眼色。老海在一旁笑嘻嘻地靠过去，用一支手枪顶住了特务的腰。这时跑堂的过来求情。李向阳说："老海，给他们上堂政治课。"

老海将他们教训了一番，随后放他们离开。两个特务临出门时，李向阳叫他们回去报告，说李向阳进城了。两个特务唯唯诺诺地说："不敢，不敢！"李向阳狠狠地瞪了他们一眼，让他们赶快回去报告。

天色渐渐地黑下来，酒店也打烊了。李向阳他们透过窗户看见几辆满装箱子的大卡车向车站驶去，箱子里装着的好像是弹药。跑堂的告诉李向阳："这两天开往西郊火车站的军车就有十五辆卡车。"李向阳决定今晚就去车站炸掉运送军火的列车。

另一方面，杨老宗家里，伪军终于把地道挖通了。松井让杨老宗对着洞口喊话，引群众出来。他的话刚说到一半，地道里"啪"的一声枪响，一颗子弹飞了出来，打在杨老宗的管家身上。洞里不断有子弹射出，鬼子们吓得躲在一边。

与此同时，李向阳潜入敌人军火列车的停放地点，在地下党员的配合下，把鬼子增援山区作战的军火全部炸毁了。

特务们把李向阳炸毁弹药车的消息，很快报告给了松井。松井暴跳如雷，气急败坏地喊道："集合！马上回城。"

三

李向阳他们三个和区委书记带领的同志在半路会合，准备在中途伏击松井，狠狠地打击一下他的气焰。另一边松井走到中途，突然命令部队停止前进。松井好像想起了什么，狰狞地笑了两声，对伪军队长说："我要给李向阳点儿厉害看看，他以为我回城了，我要杀他个'回马枪'！"

李庄中，重新返回的鬼子，变本加厉地对着已经挖开的地道灌进大量浓烟。滚滚白烟被灌进地道，地道里的人们被呛得咳嗽、流泪。民兵用棉被、棉衣堵住地道口，并组织老人、妇女、儿童向远处转移。部分群众被逼出地道，围在打谷场上。

寂静的道路上，李向阳和游击队员正焦急地等着松井的部队，李大婶跑来告诉李向阳，鬼子又进村了。李向阳和区委书记讨论决定兵分两路，李向阳带一部分人抢运粮食；区委书记带一部分人猛攻县城，务必把松井调回县城。

松井企图从老百姓的口中逼问出公粮和游击队的下落，但是始终没有一人吭声。松井打算烧死老秦爷，逼迫乡亲们屈服。小宝子见到爷爷要被烧死，冲出人群，对着松井的手狠狠地咬了一口。狠毒的松井，拔出手枪打死了小宝子。小宝子的姐姐伤心地扑倒在儿子身上。松井举起战刀，逼问小宝子的姐姐。

县城门口，游击队员发动了猛烈的攻击。防守县城的伪军惊慌失措，被打得节节败退。守城的队长赶忙派人到李庄向松井报告，希望松井回兵救援。

打谷场上，就在松井打算杀死小宝子姐姐时，一名地下党员走出人群，大喊一声："住手！我是干部，公粮是我一手经管的，别人不知道！"

突然，一个伪军来到松井面前，报告说李向阳的部队已经攻占了城南关，需要火速增援。松井大惊失色，慌忙调集人马离开李庄。这时，李向阳带领部分部队向撤退的鬼子展开攻击。松井顾不得反抗，慌忙向县城撤退。

李向阳带领游击队来到打谷场上。李向阳见到老秦爷和小宝子被日军残害，非常难过。他含泪从小宝子手上捡到一颗子弹。他发誓要用这颗子弹打死松井，小心翼翼地把子弹放进口袋里。李向阳抹掉眼泪说："我一定要把松井的增援计划彻底打垮！"

次日，李向阳他们刚进到县城里，就被街上的特务认出来，紧紧跟踪着他们。机智的李向阳扬手朝天放了两枪，集市顿时乱成一团。特务们眼看就能抓到手的游击队长，一下子消失在乱哄哄的人群中。

李向阳他们躲在胡同里，由老海化装成伪军，引两个鬼子走进胡同。李向阳和其他队员出其不意地结果了那两个鬼子。李向阳和老海脱下鬼子的军衣穿在自己的身上，其他人装成运粮工人，便赶着马车顺利地进入了鬼子的粮食仓库。

鬼子的粮食仓库中，李向阳和游击队员急忙用已准备好的汽油，洒在粮食堆上、窗上、门上……点上火，瞬时粮库就变成一片火海了。鬼子见粮仓起火，顿时乱作一团，李向阳他们趁乱逃出粮库。

坐在县城办公室里的松井接到粮仓被烧的消息，大发雷霆，命令道："全城戒严，抓住李向阳。"与此同时，李向阳并没有茫然地向城外逃跑，他们来到城里伪军队长家中，想拿伪军队长做"挡箭牌"出城。

李向阳他们马不停蹄地来到伪军队长的宅院门口，老海上去狠狠地敲了几下。正巧杨老宗今天也在这里，他开门一看是两名日军军官，赶忙客气地说："太君，里边请！"

李向阳走进大院，对着杨老宗这个老汉奸就是一枪。伪军队长慌忙从屋子里跑出来说："哪里打枪？哪里打枪？"李向阳和老海直接将他制伏，用手枪指着他，逼他带路出城。临走之前，在老地主杨老宗的身上放了一封致松井的信。

县城松井办公室中，副官正给松井读着放在杨老宗尸体上的那封信："松井中队长，我们此次特来拜访，进城几天，容你部下多方协助，我们已经完成了预定的任务，特此致谢，恕不面谈，城外再见。祝你同样下场。"松井非常气愤，抓过信纸将它撕成碎片。

就在这时，李庄的武勇贵跑来司令部，说："李庄的粮食都从地洞里搬出来了，满街都是，他们要往山里运啊。"

副官问道："那么，李向阳呢？"

"他们都在村里睡觉了，我看太君可以马上去。"武勇贵笑着说。

松井觉得现在是个好机会，于是马上集合部队，向李庄出发。

当松井带着部队来到李庄之后，发现村里空无一人。武勇贵翻身下马，飞快地跑进地道，逃脱了鬼子的魔掌。松井已感到不妙，刚想往村外撤，就听见"轰隆隆"的几声巨响。有的鬼子踩中了地雷，被炸得鬼哭狼嚎。顿时，整个李庄到处都是枪声、手榴弹的爆炸声。游击队员利用地道，东一枪西一炮地打得鬼子晕头转向，不知向哪里进攻。鬼子被打得乱了阵脚。

这时，大钟被敲响了，李向阳带着游击队员和人民群众，从四处地道口冲了出来。村子里顿时都是游击队员，伪军、鬼子被四面包围。松井慌忙带着部分鬼子跑进杨老宗的大院里。

杨老宗的大院中，李向阳带领着游击队员破门进入客厅。松井恐惧地瞪大双眼，看着冲进来的李向阳。李向阳从容地从口袋里掏出小宝子死时手上的那颗子弹，把它压进枪膛，厉声对松井说："放下你的武器！中国的地面上，决不允许你们横行霸道！"

松井举刀想做最后的顽抗，"啪"的一声枪响，李向阳射出了给小宝子、给千千万万中国人复仇的子弹。松井这个罪恶滔天的强盗被打死了。

李向阳带领游击队乘胜追击，一举攻克县城。李向阳告别母亲和乡亲们，在老乡们的欢呼声中，率领游击队奔向新的战场。

影评选粹

结构严谨·有真实感

这部影片情节紧张曲折、扣人心弦。编导在组织情节的过程中，注意突出刻画人物的性格，对英雄形象的塑造朴实无华，符合那个时代的生活特征，给人以亲切感。影片中没有爱国的说教，而是让人物以自己的行动表达出对家园的热爱、对人民的赤胆忠心，以特有的生活气息和时代精神感染着后人。

《平原游击队》没有把敌人描写得愚笨无能，不堪一击，而是着意于从本质上揭露其阴险残忍，从而更加突出了正面人物的英勇顽强。这是本片的精彩之处，也是编导的高明之处。这部影片的结构严谨还体现在创作者始终抓住拖住敌人和敌人的反拖住这一条纵线展开情节，塑造人物。无论是松井的声东击西，还是李向阳的几次进城，还有老百姓与游击队的关系、松井与伪军汉奸的关系，都围绕着这一纵线展开，使得矛盾集中，线索清楚，层次分明，张弛得体。

此外，本片的服装、道具、场景设计、场面气氛等方面极其细腻，富于生活气息，充分发挥了电影逼真的特性，增加了影片的艺术真实感。

精彩回放

八路军游击队队长李向阳，接到上级的指示，要他立刻到分区司令部去接受一项新任务。李向阳带着通信员小郭日夜兼程，两匹快马奔驰着。不久，两人来到一个日寇占据的村庄附近，小郭低声喊道："队长，前面有敌人。"李向阳毫不迟疑地说："冲过去。"李向阳拔出双枪，打死了两个鬼子，和小郭一起冲出了鬼子包围的村庄。二人飞马前往军分区司令部接受紧急命令。

李向阳嘴角边挂着永不言败的微笑，浑身散发着乐观主义光芒，看到日军的封锁并不是一味地避让、闪躲，而是直面敌人，勇于同敌人做斗争。